科幻世界书刊推荐

遇见最会幻想的智慧

中国科幻出版领军品牌

扫码进店，了解更多订购信息

中国出版政府奖 ｜ 全国百强报刊 ｜ 新华文轩卓越贡献奖
当当小说最佳合作伙伴 ｜ 京东图书最具潜力合作伙伴

刘慈欣

亚洲首位世界科幻大奖雨果奖得主，将中国科幻推上世界高度

三体　　三体·黑暗森林　　三体·死神永生

中国科幻文学里程碑之作 现象级科幻畅销书

入选"新中国70年70部长篇小说典藏"、《中小学生阅读指导目录（2020年版）》

作为一部真正能让人在平凡生活中抬头仰望星空的科幻小说，《三体》的字里行间处处可见瑰丽万方的幻想与深刻独到的思考。

星云 X：忒弥斯

江波/阿缺/许刚/鲁般

星云 XII：笛卡尔之妖

分形橙子/索何夫/刘洋/杨晚晴

星云 XI：见字如面

王元/氦五/辛维木/鲁般

星云 XIII：赛博桃源记

邓思渊/王元/汪彦中/江波

一本打开即见奇景的科幻MOOK

一个打造全新经典作品的科幻平台

"星云"系列丛书震撼重启，每辑选入四篇优秀的中篇科幻小说，搭配精美手绘插图，匠心呈现科幻小说的浪漫与独特。

科幻世界精选集2019　　科幻世界精选集2020

科幻世界精选集2021　　科幻世界精选集2022

姚海军 主编

从此窥见未来的多种可能

《科幻世界》是一本提升中国人想象力的"国民杂志"。本精选集每辑精选数篇前一年度的优秀上刊作品。无论是新人作者还是成熟作者，都在不断地拓展和丰富科幻小说的母题，不仅在传统题材上推陈出新，同时也将新的题材引入科幻小说中。

世界科幻大师丛书
主编：姚海军

THE MIDWICH CUCKOOS
米德维奇的布谷鸟

[英] 约翰·温德姆　著

鲁冬旭　译

四川科学技术出版社

THE MIDWICH CUCKOOS by John Wyndham
Copyright © 1957
Simplified Chinese edition copyright:
2023 Sichuan Science Fiction World Co., Ltd.
All rights reserved.

图书在版编目（CIP）数据

米德维奇的布谷鸟 / (英)约翰·温德姆 著；鲁冬旭 译.
-- 成都：四川科学技术出版社，2023.10
（世界科幻大师丛书 / 姚海军 主编）
书名原文：THE MIDWICH CUCKOOS
ISBN 978-7-5727-1151-0

Ⅰ．①米… Ⅱ．①约… ②鲁… Ⅲ．①幻想小说－英
国－现代 Ⅳ．①I561.45

中国国家版本馆 CIP 数据核字（2023）第 200318 号

世界科幻大师丛书

米德维奇的布谷鸟

SHIJIE KEHUAN DASHI CONGSHU
MIDEWEIQI DE BUGUNIAO

丛书主编	姚海军
著　者	［英］约翰·温德姆
译　者	鲁冬旭

出 品 人	程佳月
责任编辑	张滟滟　姚海军
特约编辑	颜　欢
助理编辑	张雨欣
封面绘画	守望者
封面设计	王莹莹
版面设计	王莹莹
责任出版	欧晓春
出　版	四川科学技术出版社
	成都市锦江区三色路238号　邮政编码610023
	官方微博：http://weibo.com/sckjcbs
	官方微信公众号：sckjcbs
	传真：028-86361756
成品尺寸	140mm×203mm　印　张　9.25
字　数	160千　插　页　3
印　刷	四川南方印务有限公司
版　次	2023年10月成都第一版
印　次	2023年11月成都第一次印刷
定　价	48.00元

ISBN 978-7-5727-1151-0

邮 购：成都市锦江区三色路238号新华之星A座25层　邮政编码：610023
电 话：028-86361770

■ 版权所有·翻印必究 ■

目 录

第一部分

第一章
米德维奇无门可入

我妻子珍妮特人生中最幸运的事情之一,是她碰巧嫁了一个九月二十六日出生的人。若非如此,二十六日到二十七日的那个夜晚我们必定双双待在米德维奇的家里。妻子逃过了那晚在家的后果,我永远不会停止感谢这好运。

因为那天是我生日,一定程度上也因为前一天我与一家美国出版商签订了他们发来的合同,于是二十六日早晨我们动身前往伦敦,打算小小地庆祝一番。那天过得非常愉快:几次令人满意的拜访,在惠乐酒家吃了龙虾配夏布利酒,欣赏了乌斯蒂诺夫最新的华丽表演,用了顿小小的晚饭,然后就回了酒店。珍妮特很喜欢酒店的浴室,别人的马桶总能激起她的兴致。

第二天早上,我们悠闲地踏上了回米德维奇的路。在离米德维奇最近的购物镇特雷恩停留了一下,买了点食品,然后沿主路开过斯托奇村，接着右转上了二级公路，直奔——不，并没有。一根杆子封住了半边路，杆上摇摇晃晃地挂着一张"道路封闭"的告示，旁边留出的缺口处站着一名警察，对我们抬起手……

我停下车。警察上前走到车远离路沿的一侧，我认出他是特雷恩镇上的人。

"抱歉，先生。这条路封闭了。"

"你是说我得从奥普雷路绕过去？"

"恐怕那条路也封了，先生。"

"那——"

身后传来了汽车喇叭声。

"要是你不介意的话，请把车朝左边倒一点，先生。"

我非常迷惑，但照他的话做了。一辆三吨重的军用卡车经过我们身边，也经过他身边。穿卡其色军服的年轻人斜着身子挂在卡车侧面。

"米德维奇闹革命了？"我问。

"军事演习。"他对我说，"这条路不通。"

"总不能两条路都不通吧。你瞧，我们住在米德维奇，警官。"

"我明白，先生。但是你们现在没办法去那儿。如果我是你，我会回特雷恩，等我们开放道路了再来。你们在这里不能停车，因为要运东西过去。"

珍妮特打开她那边的车门，拿起她的购物袋。

"我走回去,等路通了你再过来。"她对我说。

警官犹豫了一下,然后压低了声音。

"看你住在这儿的分上,太太,我就告诉你吧——但这是机密,嗯,走不过去的,太太。没人能进米德维奇。事实就是这样。"

我们盯着他。

"可是到底为什么不能进?"珍妮特说。

"他们在调查的正是这个,太太。这样吧,不如你们去特雷恩的老鹰酒店等,路一解封,我会立刻通知你们的。"

我和珍妮特面面相觑。

"好吧,"她对警官说,"这真是奇怪,不过要是你非常确定我们不能通过……"

"我非常确定,太太。这也是上头的命令。我们会通知你们的,会尽快的。"

跟他大闹一场肯定也没用,这人只是在履行自己的职责,而且态度也尽量和善了。

"行。"我接受了他的说法,"我叫盖福德,理查德·盖福德。万一消息来的时候我正好走开了,我会叫老鹰餐厅的人给我带个口信的。"

我一路倒车,回到主路上。既然他说另一条去米德维奇的路也封了,我就拐上了我们来的那条路。绕到斯托奇村的另一边后,我开下主路,把车停在一扇通往田地的小门外。

"这事,"我说,"让人感觉很不对劲。我们要不穿过田地过去,看看那边到底怎么回事?"

"那个警察的态度也挺古怪的。我们走吧。"珍妮特同意我的提议,打开了她那边的车门。

米德维奇是一个出了名的不会有什么事发生的地方,这让事情显得更加奇怪了。

当时我和珍妮特在米德维奇刚住满一年,我们发现无事发生几乎是那里最主要的特征。事实上,要是有人在村口插几根棍子,挂上一个红色的三角,下面写上这样的告示:

米德维奇
请勿打扰

那情景看起来也不会有什么不合适的地方。为什么九月二十六日的奇异事件偏偏发生在米德维奇,而不是上千个村庄中的另外任何一个,这很可能永远都会是一个谜。

想想这个地方是多么简单平凡吧。

米德维奇大约位于特雷恩西北偏西十三公里处。出特雷恩以后,主路向西延伸,穿过相邻的两个村庄:斯托奇和奥普雷。这两个村子各有一条二级公路通到米德维奇。因此,米德维奇是三条路围成的三角形的顶点，下面的两个点是奥普雷和斯托奇；另外一条唯一的公路是条狭窄的小道，它如切斯特顿诗^①中描述的那样蜿蜒曲折地绕了大概八公里，才到达北面五公里外的西科姆。

米德维奇正中央是一块三角形的绿地，种有五棵漂亮的榆树，还有一个被白栏杆围住的池塘。战争纪念碑立在靠近教堂的一角，周围是教堂本身、牧师住宅、旅店、铁匠铺、邮局、威尔特太太开的商店和几间农舍。村里的所有建筑加在一起也就是六十几间农舍和小房子，一座村公所，凯尔庄园和格兰奇研究所。

教堂基本上是垂直式和盛饰式^②的哥特建筑风格，但西侧的走廊和圣水池是诺曼式的。牧师住宅是乔治亚风格，格兰奇研究所是维多利亚风格，凯尔庄园则在都铎风格的基础上嫁接了各种没那么古老的建筑风格。村里的农舍展现了伊丽莎白一世到二世时代间的所有建筑风格。政府接管格兰奇研究所作研究用途时，扩建了功能性的侧翼，其风格甚至比县议会的两座最新的屋舍更加现代。

米德维奇的存在从来没有令人信服的解释。它不在方便开展贸易的战略位置上，甚至没有一条方便牲畜走的土路。它不知何时就这么出现了。土地调查清册上把它记作一个"小村落"，此后它也一直只是个小村落，因为不管是铺设铁路、修建马车道路还是挖掘

---

① 吉尔伯特·基思·切斯特顿（Gilbert Keith Chesterton, 1874—1936）：英国作家，"布朗神父"系列小说的作者。他有一首著名的诗歌题为《曲折的英国道路》(The Rolling English Road)。——译者注

② Perp. and dec.：分别指垂直式（Perpendicular style）和盛饰式（Decorated style），是哥特建筑的两种风格。——译者注

运河的时代，那些建设项目实施者都不曾正眼瞧过它。

就目前所知，米德维奇既没有理想的矿藏，也从未被官方视作机场、战斗机轰炸靶场或军事训练基地的可能选址。"某部"是唯一入侵过此地的机构，但格兰奇研究所的改造并未对村里的生活造成什么影响。米德维奇已经——准确地说是在那件事之前已经——在其肥沃的土壤上面目模糊、昏昏欲睡地当了一千年的世外桃源。在接下来的一千年中，它似乎也没有理由不继续如此——然而在九月二十六日深夜之前，这种状态戛然而止。

但这并不意味着米德维奇完全没有自己的历史，它在历史上也曾有过一些重要的瞬间。一九三一年暴发过一场无法溯源的口蹄疫，它是瘟疫的中心。一九一六年，一艘偏离航线的齐柏林飞艇投下一枚炸弹，落到了米德维奇的耕地上，所幸并未爆炸。再之前，它上头条——可能不是头条，反正也是重要版面——是因为"黑内德"，一个被二级通缉的强盗，在"镰与石"酒馆门口被"小可爱波利·帕克"击毙。尽管她的这一举动似乎更多出于个人恩怨而非为了社会利益，但一七六八年的叙事民谣中还是对她大加赞美。

此外，附近的圣阿基乌斯修道院关闭及修士遣散事件也曾轰动一时。自一四九三年发生以来，事件缘由一直是当地居民不时猜测的话题。

其他重大事件包括克伦威尔的马曾在教堂的马厩里歇过脚，威廉·华兹华斯曾访问此地，并从修道院的废墟中获得灵感，创作了一首例行公事的十四行赞美诗——他较为平庸的诗作中的一首。

除了上述例外，被历史记下的时间似乎只是静静地流过米德维奇，没有泛起一丝涟漪。

米德维奇的居民对此也无任何异议——也许某些正处于婚前躁动期的青年除外。实际上，除牧师夫妇、凯尔庄园的泽拉比夫妇、医生、地区护士、我们夫妇俩，当然还有研究人员以外，大部分居民世世代代安居于此，已把宁静生活的延续视作自己理所当然的权利。

九月二十六日白天，似乎没有一丝先兆。只有铁匠的妻子布兰特太太或许曾在田间见到九只喜鹊时感到过一丝不安，反正事后她声称如此；邮政局长奥格尔小姐也许因前一晚梦见一只大得离奇的吸血蝙蝠而心神不宁。若上述情况属实，那么很遗憾的是，人们并未重视这些情况的预警价值，因为布兰特太太见到的凶兆和奥格尔小姐的噩梦均发生得过于频繁。没有任何证据显示，米德维奇在那个周一的深夜之前有任何异常。事实上，我和珍妮特动身前往伦敦的时候，米德维奇看起来也完全正常。然而，在二十七日星期二这一天……

我们锁好车，爬过小门，紧贴树篱走过满是麦茬的田地。田地尽头又是另一块麦茬地，我们左转穿过它，路稍微有点坡度。远处那块田地很大，围着精心修剪的树篱，我们不得不又往左边走了些，才找到一扇可以爬过去的小门。田地后面是草地,走过一半草地就到了山顶,能一眼望到米德维奇的另一侧——但米德维奇本身因为树木遮挡没露出多少,我们只能见到几缕灰烟懒洋洋地升起,教堂的尖顶从榆树边冒出来。我还看到挨着的田地中央有四五头牛躺着不动,似乎睡着了。

我不是乡下人,只是正好住在乡间,但我记得当时心底隐隐觉得这情景有些不对劲。牛蜷着身子反刍,这没什么,再正常不过;可牛躺下睡得很熟,嗯,这就不太对劲了。但当时我没有多想,只是隐约觉得有什么东西不太正常。我们继续往前走。

我们爬过那块卧着牛的田地的篱笆,开始穿越那块田地。

一个声音朝我们喊叫起来,是从左边传过来的。我环顾四周,只看到一个穿卡其色军服的身影站在紧邻的田地中央。我听不清他喊的话,但他挥舞棍子的样子无疑是在叫我们原路退回。我停下了脚步。

"噢,别理他,理查德。他离我们有好几公里远呢。"珍妮特不耐烦地说完,就朝前面跑了起来。

我还是拿不定主意。那个身影现在更加用力地挥舞着棍子,叫得也更大声了,但依然听不清内容。我决定跟珍妮特走。这时她已经领先我大概二十米,而就在我准备跟上她的瞬间,她突然一个踉跄,无声无息地倒下,躺在地上不动了……

我僵住了。这是我无法控制的反应。要是她扭了脚踝或是绊

10

倒了，我一定会跑向她。但她倒下得如此突然，静止得如此彻底，有一瞬间我愚蠢地以为她是被子弹射中了。

但我只停顿了一瞬间，就向前继续跑起来。我模糊地听见左边的那个男人还在远处喊话，但我没空理会他。我急急忙忙地跑向珍妮特……

但我并没有到达她身边。

我彻底失去了意识，彻底到甚至没看到向我压过来的地面……

第二章
米德维奇宁静如常

我已经说过,二十六日米德维奇一切正常。我进行了非常广泛的调查,几乎能说出那天晚上每个人在哪里,在干什么。

比如说,"镰与石"酒馆当晚招待着数量如常的常客。一些年轻的村民去特雷恩看电影——大体就是前一个周一去特雷恩看电影的那批。邮局里,奥格尔小姐一边在电话总机旁织毛衣,一边一如既往地觉得和真人对话比听收音机更有趣。泰伯尔先生以前是个打零工的园丁,后来赌球赢了一大笔钱,当晚正对他珍爱的彩色电视机大发脾气,因为红色电路又开始乱闪。他污言秽语地骂着电视,他太太不堪其扰,先上床睡觉了。格兰奇研究所侧翼的新实验室中有几间还亮着灯,但这没什么不正常,一两位研究人员捣鼓他们的神秘实验直到深夜是很常见的事。

尽管一切如常,但即使是看上去最普通的一天也总会对某些人具有特殊意义。比如,我已说过,那天是我的生日,所以我家的小屋那天大门紧闭、一片漆黑,而在凯尔庄园,那天恰好是费蕾琳·泽拉比小姐对时任少尉的艾伦·休斯先生摊牌的一天。她向他指出,在实际生活中订婚不仅是两个人的事,如能知会她父亲,才是良善之举。

经过一番踌躇和抗辩,艾伦终于允许自己被泽拉比小姐说服。他依言走进未来岳父戈登·泽拉比的书房,打算将目前的情况告诉他。

艾伦发现凯尔庄园的主人正舒适地躺在一张大扶手椅中,双眼紧闭,头颅被梳整得优雅的白发覆盖,靠在椅子右翼上,乍一看他似乎是被房间里悠扬的美妙音乐哄睡着了。然而这种错误的表象很快就消除了,因为他虽然既没有说话,也没有睁眼,却对另一张安乐椅挥了挥左手,又把手指放在嘴唇上示意对方安静。

艾伦蹑手蹑脚地走到戈登手指的椅子处,坐了下来。在接下来的一段音乐间奏中,本已被艾伦召唤至舌尖的所有词语都悄悄流回了舌根后面的某个地方。于是他用之后的十分钟在这间房内来回扫视,以免自己闲着。

其中一面墙从地板到天花板都堆满了书,中间只留一道空隙,就是他刚刚进来的那扇门。更多的书放在一些较矮的书柜里,继续占据房间的大部分墙壁,只在一些必要的地方留白,以容纳落地窗、跃动着喜人却无甚必要的火苗的壁炉,还有留声机。在几个有玻璃门的书柜中,其中一个专门用来放各种版本、各种语言的泽拉比著作,最下层的架子上还有空位可以再添几本。

这个书柜上方挂着一幅素描,上面用红色粉笔画着一位英俊的青年。尽管已经四十多年过去,在戈登·泽拉比的脸上仍能看到那位俊朗青年的影子。另一个书柜上摆着一尊充满活力的青铜像,刻着距离素描大约二十五年后给爱泼斯坦留下印象的他。墙上还挂着几幅其他名人签过名的照片,壁炉上方和周围则摆着一些家庭纪念品。除了戈登·泽拉比的父母、兄弟和两位姐妹的照片外,还挂着费蕾琳和她母亲(第一任泽拉比夫人)的照片。

戈登·泽拉比的现任夫人安吉拉的照片,被摆在房间的最中央,一张皮面的大桌子上,那里同时也是注意力的焦点区,泽拉比的著作就是在那上面写出来的。

想到泽拉比的那些著作,艾伦突然怀疑自己来的时机是否合适,因为泽拉比正在酝酿一部新的著作。这从他心不在焉的态度中可以看出。

"他酝酿的时候总是这样,"费蕾琳曾对他这样解释过,"他的一部分似乎迷失了。他长时间地出去散步,然后不知道自己身在何处,打电话叫人接他回家,如此种种。这种情况持续时有些恼人,可一旦他最终开始动笔写书,一切就会恢复正常。那种时候我们只需要对他强硬一点,督促他吃饭,诸如此类。"

舒适的椅子、方便的照明、厚厚的地毯,艾伦觉得这个房间总体来说反映了屋主正以脚踏实地的态度追求的一种平衡的生活。他想起泽拉比在《当我们还活着》(泽拉比的作品他目前只读过这一本)中认为禁欲主义和过度放纵都是失调的表现。那本书很有趣,艾伦想,但也很阴郁;他认为新一代会比上一代更有活力,也更有眼光,但作者似乎没有充分重视这个事实。

一个漂亮的收尾之后,音乐终于停止。泽拉比按下椅子扶手上的开关,关掉机器,睁开眼睛,看向艾伦。

"希望你不要介意,"泽拉比抱歉地说,"一旦巴赫开始展示他的花样,我总觉得该让他演奏完。而且,"他瞥了一眼放留声机的柜子,"对这些创新,我们还没有找到合适的准则。难道仅仅因为乐师没有亲临现场,他们的音乐艺术就不值得尊重了吗?到底怎样才算好的准则? 是我听你的,你听我的,还是你我都听天才的——哪怕是二手的天才? 没人能告诉我们。我们永远弄不清楚。"

"我们似乎不太善于把新发明和我们的社交生活结合起来,对不对? 繁文缛节主宰的世界在上世纪末就分崩离析了,没有任何礼仪规范告诉我们该怎么处理之后发明的事物。就算追求个性的人想打破规范,也找不到可以打破的规范,这本身就是对自由的又一记沉重的打击。相当遗憾,你不觉得吗?"

"呃,是的,"艾伦说,"我——呃——"

"不过,请注意,"泽拉比先生继续说道,"我注意到这个问题的存在,这本身就是无谓的过时做法了。本世纪真正的成果对与创新达成一致无甚兴趣,只想在新发明出现时贪婪地将它们全部揽入怀中。除非遇到特别大的问题,否则根本意识不到社会问题的存在。即使意识到,也不愿意妥协让步,而是大吵大闹,非得要一个不可能存在的简单解决之道,抹除创新、压抑进步——就像在原子弹的问题上。"

"呃——是的,我想你说得对。我——"

泽拉比先生意识到对方对这个话题并不太感兴趣。

"人年轻的时候,"他以理解的口吻说,"会觉得非传统、不受管制、只顾眼前的生活方式有其浪漫的一面。但你必须同意,这种生活方式无法支持一个复杂世界的运转。幸运的是,西方世界的我们还保留着道德的骨架,但是很多迹象显示这把老骨头已经不堪新知识的重负了,你不这么认为吗?"

艾伦吸了一口气,想起自己过去也曾像蛛网上的小虫般被泽拉比的演讲之网缠住,他不得不直奔最直接的解决方法。

"事实上,先生,我来见你是为了另一件事。"他说。

每当泽拉比意识到自己的大声沉思被人打断,他总习惯于以温柔的好脾气应对。现在,他推迟对道德骨架的进一步思辨,转而问道:

"当然,我亲爱的朋友。只管说吧,是什么事?"

"是因为——嗯,是关于费蕾琳的事,先生。"

"费蕾琳?哦,是的。恐怕她这几天不在,去伦敦看望母亲了。

她明天就会回来。"

"呃——她今天已经回来了,泽拉比先生。"

"真的吗?"泽拉比惊呼一声,又仔细想了想。"对,你说得很对。吃晚饭的时候她在这儿的。你们两人都在。"他得胜般地说。

"是的。"艾伦说。他充满决心地死死抓住机会,坚定地继续。虽然他不快地意识到事先准备好的说辞全散了架,但话倒也继续接了下去。

泽拉比耐心地听着,直到艾伦终于支支吾吾地以此话作结:

"因此,先生,我非常希望你不反对我们正式定下婚约。"说到这里,他的眼睛微微睁大了。

"我亲爱的朋友,你高估我的地位了。费蕾琳是个懂事的女孩,我丝毫不怀疑她和她母亲现在一定已经了解了你的一切,并且共同做出了深思熟虑的决定。"

"可我从未见过霍德夫人。"艾伦表示反对。

"要是你见过她,你一定能更好地把握目前的情况。简是位极好的组织者。"泽拉比友爱地望着壁炉上的一张照片对他说,然后站起身来,"好啦,你已经非常出色地完成了你的任务;现在我也必须以费蕾琳认为得体的方式行事。我去拿酒瓶,你能不能把大家召集起来?"

几分钟后,泽拉比先生在妻子、女儿和准女婿的围绕下举起酒杯。

"让我们为这对爱侣，"他大声宣布，"干杯祝贺。诚然，由教会和国家规定的婚姻制度对伴侣关系表现出一种令人沮丧的机械主义态度——事实上这种态度与诺亚的态度不无类似之处。但是，人类具有顽强的精神，爱情常常可以在这种粗暴的制度性干涉中幸存下来。因此，让我们祝福——"

"爸爸，"费蕾琳打断了他，"已经十点多了，艾伦还得按时赶回军营去，不然会被开除之类的。你只需要说：'祝你们两人幸福美满，长相厮守'就行了。"

"哦，"泽拉比先生说，"你确定那样说就足够了吗？听上去好像非常简短。但是，要是你觉得那样说合适，我就那样说吧，亲爱的，我这就全心全意地对你们说那句话。"

他照着说了。

艾伦放下饮干的杯子。

"恐怕费蕾琳刚才说得对，先生。我现在必须走了。"他说。

泽拉比同情地点点头。

"对你来说一定是段难挨的时期。他们还要留你多久？"

艾伦说他希望大约能在三个月后离开军队。泽拉比又点了点头。

"我相信军队里的经历以后一定会展现出它的价值。有时我对自己缺乏那种经历感到遗憾。第一次大战时我太年轻，第二次大战时我又被拴在宣传部的办公桌前。要是当时能在更活跃的职位上就好了。好吧，晚安，我亲爱的朋友。今天——"一个突如其来的想法让他停了下来，"天哪，我知道我们都叫你艾伦，可是我想我还不知道你姓什么。也许我们还是应该解决一下这个问题。"

艾伦告诉了泽拉比自己的姓，他们又握了一次手。

艾伦和费蕾琳一起走进大厅时，他注意到钟上的时间。

"我说，我得赶快了。明天见，亲爱的。六点钟。晚安，甜心。"

他们在门口热烈而短暂地接了吻。然后他挣脱她的怀抱，冲下楼梯，奔向停在车道上的红色小轿车。汽车发动，引擎发出轰鸣。他最后一次挥了挥手。后轮卷起小石子，车一溜烟地开走了。

费蕾琳望着车尾的灯光越来越小，最后彻底消失。她站在那里听着，直到先前的轰鸣声变成遥远的嗡嗡声。她关上前门。在回书房的路上，她注意到大厅里的时钟正指向十点十五分。

当时，在十点十五分，米德维奇仍无任何异常。

艾伦的车开走后，社区再次归于宁静。总的来说，这个社区度过了无事发生的一天，正准备迎接同样无事发生的明天。

不少小屋的窗户仍向良夜投出黄色的光束，在早先的阵雨留下的湿意中闪着微光。偶然腾起的笑声和说话声扫过村子。但那些声音不是来本地村民，而是几天前，在许多公里之外的某个精心管理的摄影棚里录好的声音，大部分村民只把这声音当作准备上床就寝的背景音。许多老人和小孩已经在床上安睡，各家的妻子正在往自己的热水袋里灌热水。

"镰与石"酒馆把最后几位客人劝出了门。他们在门口逗留了几分钟,让眼睛习惯黑暗,然后便上路回家。到了十点十五分,除了一个叫阿尔弗雷德·韦特的人和一个叫哈里·克兰哈特的人还在争论肥料问题,其他所有人都已到家。

这天只剩最后一件事尚未发生——公共汽车即将经过此地,把那些更爱冒险的人从特雷恩的夜生活中带回来。这件事完结后,米德维奇就会彻底静下来,沉入宁静的深夜。

十点十五分,牧师宅中的波莉·拉什顿小姐正后悔没在半小时以前上床休息。如果她当时那样做,此刻一定已经读了半小时书。那一定远比像现在这样把被忽视的书放在膝上听叔叔婶婶吵架更令人愉快。吵架的原因是房间一头的休伯特叔叔(也就是休伯特·李博迪牧师)试图收听关于"索福克勒斯之前的俄狄浦斯情结"专题节目的第三期,而房间另一头的朵拉婶婶却在打电话。决心不让学术探究被无聊废话淹没的李博迪先生此前已经两度调高收音机音量,目前依然保留四十五度大幅扭转旋钮的权利。后来的情况将证明,这次在他看来特别琐碎无聊的女性心声交流其实十分重要,但我们不能责怪他当时没有猜到这一点。当时,谁也猜不到后来发生的事。

这通电话是从伦敦的南肯辛顿打来的,克鲁伊夫人正在寻求她的终生挚友——李博迪夫人的情感支持。到了十点十六分,她们的对话已经触及关键问题。

"那么,告诉我,朵拉——注意我是真想听你对此事的诚实看法。你认为对凯西来说是白色光面缎好,还是白色织花缎好?"

李博迪夫人迟疑了。在这个问题上,"诚实"一词显然是相对的,而克鲁伊夫人提问时竟不给任何能让对方猜出她偏好的提示,往最轻了说这也算是相当不体谅人了。光面缎大概好些,李博迪夫人心想,但她犹豫不决,不想把多年的友谊赌在这个猜测上。她试图再探探对方的口风。

"当然,要是新娘特别年轻的话……但是凯西也不能说是特别年轻了,也许……"

"不是特别年轻。"克鲁伊夫人表示赞同,并继续等待对方的回复。

李博迪夫人既气朋友的不依不饶,又恨丈夫的收音机声音吵到了她,让她难以静下心来思考,施展精妙的社交技巧。

"嗯,"她终于说道,"当然这两种料子都可以看上去很迷人,但是就凯西来说我真心觉得……"

至此她的声音戛然而止……

远在南肯辛顿的克鲁伊夫人不耐烦地摇了摇放电话的桌子,又看了看表。然后她放下听筒等了一会儿,接着拨了"O"。

"我要投诉。"她说,"刚才我正在进行的重要通话被掐断了。"

接线员说会试图再帮她接通刚才的电话。几分钟后,他承认这种尝试失败了。

"这效率实在太低了。"克鲁伊夫人说，"我会写信书面投诉的。除了我们通话的时间，多一分钟我都拒绝付费——事实上，我实在看不出这种情况下我为什么还得付费。我们的通话是在十点十七分整被掐断的。"

接线员郑重而得体地回答了她，并且记下时间以备参考——九月二十六日二十二点十七分……

第三章
米德维奇一夜安眠

从那天夜里十点十七分开始,关于米德维奇就只有一些零星的信息。电话一直打不通。本应经过米德维奇到达斯托奇的公共汽车失踪了,被派去寻找那辆公共汽车的卡车也没回来。特雷恩收到一条来自皇家空军的通知,称雷达在米德维奇地区发现某不明飞行物,那不是,重复一遍,那不是军方工作机,该飞行物可能正在迫降。奥普雷有人报告米德维奇的一栋房子着火了,但似乎无人采取任何措施。特雷恩的消防队出动了——然后再无音讯。特雷恩警察局派一辆警车去寻访救火车的下落,警车同样悄无声息地消失了。奥普雷又有人报告第二起火灾,似乎同样无人救火。斯托奇的戈比警官接到电话被派去查看,他骑车前往米德维奇,此后再没有人听到他的消息……

二十七日黎明的天空像一池泡着脏抹布的洗碗水,只有一片微弱的灰色光线透过云层照射下来。尽管如此,奥普雷和斯托奇的公鸡照常打鸣,其他鸟儿则以更悦耳的歌声迎接清晨。然而,在米德维奇,没有一只鸟儿歌唱。

和世界上的其他地方一样,在奥普雷和斯托奇,人们很快就要伸手按掉响起的闹钟。而在米德维奇,闹钟却一直响着,直到自动停止。

在其他村落里,睡眼惺忪的人们走出家门,遇上工友,哈欠连天地道早安;而在米德维奇,没有任何人遇见任何人。

因为米德维奇一动不动地躺着,仿佛陷入了昏迷……

世界上其他地方的人们开始以喧嚣填满新的一天,而米德维奇却继续昏睡……米德维奇的男人、女人、牛、马、羊,那里的猪、家禽、云雀、鼹鼠和老鼠统统静躺着不动。米德维奇一片死寂,打破这寂静的只有树叶的沙沙声、教堂的钟声,还有奥普洱河漫过磨坊边的围堰时的汨汨水声……

黎明仍像病孩般虚弱可怜,一辆橄榄绿的面包车已经从特雷恩出发,车上的“邮政电话”字样在暗淡的天光中仅仅勉强可辨。此行的目标是恢复米德维奇和外部世界的通信。

到了斯托奇,面包车停在一个电话亭旁,询问米德维奇是否有复苏的迹象。没有。米德维奇仍像昨晚二十二点十七分后一样与世隔绝。面包车再次上路,在渐渐亮起的不确定的日头中,轰隆轰隆地继续前进。

"唉!"线路检修工对司机说,"唉! 那儿的奥格尔小姐不会为了这么小的事倒大霉吧。"

"真搞不懂。"司机抱怨道,"要我说,只要有电话,不管白天晚上,那位老姑娘总是会听的。先去看看吧。"他含糊地补了一句。

出了斯托奇,面包车向右急转,又在通往米德维奇的小路上颠了八百米左右。然后车又转过一个弯,碰到了会让任何司机高度警觉的情况。

他突然看见一辆侧翻了一半的救火车,近侧的轮子陷在沟里。再向前几米,一辆黑色轿车停在路的另一侧,半个车身开上了路沿,车后躺着一个人和一辆自行车,一半在沟里。他急忙猛打方向盘避向路边,想转个S弯躲开那两辆车。但没等他转好弯,面包车已经冲上窄窄的路沿,又向前颠了几米,蹭着地面硬停了下来,车子侧面撞上了树篱。

半个小时之后,那天的第一班公共汽车一派轻松地驶来了,因为这班车从来不会有乘客,直到在米德维奇接上要去奥普雷上学的孩子们。公共汽车隆隆作响地转过同一个弯道,然后干净利索地一头插到救火车和面包车之间,把路完全堵死了。

在米德维奇的另一条路上——就是去奥普雷的那条——几辆车以类似的方式纠缠在一起,乍看起来还以为公路一夜之间变成了垃圾场。在那条路上,第一辆及时刹车而没撞上别的车的,是辆邮政车。

邮政车上下来一人,走上去查看前方的乱象。他刚走到一动不动的公共汽车后方,就在没有任何预警的情况下,突然蜷起身体,倒在地上。司机惊得张大了嘴,呆呆地瞪着前方。然后他看到,在倒下的同伴前面还有几位公共汽车乘客,全都一动不动。他急忙倒车,转向,直奔奥普雷去找最近的电话亭。

与此同时,在斯托奇这边,一辆面包店送货车的司机发现了类似的情况。二十分钟后,通往米德维奇的两条路上展开了几乎一模一样的行动。救护车呼啸而来,气势犹如某种机械圣杯骑士。停稳后,车的后门大开,穿制服的人员跳下车来,系好身上的纽扣,审慎地掐掉抽了一半的烟。他们以经验丰富且令人放心的姿态把堆在一起的车研究了一番,然后展开担架,准备前进。

在奥普雷路上,打头的两位救护员训练有素地走向躺在地上的邮差,可前面那位刚走到邮差身边,就突然委顿下去,瘫软在地,倒在最后一位伤员腿上。后面那位救护员目瞪口呆,只从身后的一片嘈杂中听清了"毒气"两字。他松开担架,仿佛那把手突然烫手似的,然后急急忙忙地退了回去。

大家暂停行动,商量了一番。然后救护车司机一边摇头,一边下了最后裁决。

"这活儿我们干不了。"他说,口气仿佛在回顾一个有用的工会决议，"要我说的话，叫那帮救火的家伙来更合适。"

　　"得叫军队来，我觉得。"救护员说，"光有防烟面具不够，这里需要防毒面具。"

第四章
米德维奇行动

大约就在我和珍妮特接近特雷恩的时候，艾伦·休斯少尉正与消防队长诺里斯并肩站在奥普雷路上，看一名消防员伸出长长的消防钩去钩倒下的救护员。现在，钩子钩住了伤员，开始把他朝这边拖。伤员的身体在柏油路上被拖行了一米多——然后他突然坐起身，咒骂起来。

艾伦觉得自己从未听过这么"优美"的语言。到达现场时的严重焦虑已经缓解，因为他发现不管受害者们遭遇了什么，尽管他们十分安静地躺在地上，却实打实地在呼吸着。现在可以确定，伤员中至少有一人虽然中招足有九十分钟，但并无明显不良反应。

"很好，"艾伦说，"如果他没事，那么看起来其他人可能也不会有事——但这并不能帮我们判断那玩意儿是什么。"

下一个被钩子钩住拖出现场的是邮差。他躺在那里的时间比救护员长一些,但同样非常令人满意地自然苏醒了。

"让人晕倒的界限似乎非常清晰——而且是静止的。"艾伦又说,"有谁听说过完全静止不动的毒气——何况这里还吹着微风?这说不通。"

"也不可能是地面上的什么液体的挥发物。"消防队长说,"他们就像被锤子砸中似的突然倒下去了,我从来没听说过有这样的东西,你听说过吗?"

艾伦摇了摇头。"而且,"他赞同地说,"任何高挥发性的东西到这会儿肯定已经散了。再说,也不可能昨天晚上挥发,让公共汽车还有其他车中招。这辆公共汽车应该是十点二十五分到米德维奇的——那之前几分钟我还亲自开过这段路。当时没有任何异常。事实上,这一定就是我快要进奥普雷时遇到的那辆公共汽车。"

"不知道影响范围有多远,"消防队长若有所思地说,"肯定波及挺广的,不然我们会看到试图往这边来的东西。"

两人继续迷惑不解地凝望着米德维奇方向。在事故车辆的后方,道路继续延伸,路面看上去畅通无阻,全然无辜地微微闪光,通向下一个转弯处,和任何一条雨后快要干透的道路毫无二致。现在,晨雾已经散去,能看见米德维奇教堂的塔楼从树篱里伸出来。如果不看眼前的景象,那远处平凡的风景简直是神秘的反义词。

在艾伦手下兵士的协助下,救护员继续在力所能及的范围内把伤员钩拽出现场。受害者似乎都对之前发生了什么毫无印象。每个人醒过来后都机敏地坐起身,坚决主张旁人也能看清的明显事实:他们不需要救护人员的帮助。

下一项任务是把完全翻倒的拖拉机清走,这样才能开始清理前面的车辆及其中的人员。

艾伦把指挥工作交给中士和消防队长,自己翻过田边的梯磴。梯磴另一边的田间小路通向一个小土包,站在上面能更清楚地看见米德维奇。他看见若干建筑的屋顶,包括凯尔庄园和格兰奇研究所的,还看见修道院废墟上最顶部的石头,以及两股灰烟。平淡无奇的场景。但再往前走几米后,他看见四只羊一动不动地躺在田里。这景象让他不安,虽然他现在知道羊没受什么实际损害,但这说明屏障地区比他希望的更广。他仔细观察那四只羊和更远处的风景,发现再远些的地方还有两只侧躺着的牛。他静静地看了一两分钟,确认牛没有任何动作,便转身若有所思地走回路边。

"德克尔中士。"他唤道。

中士走过来行了军礼。

"中士,"艾伦说,"我想请你去弄一只金丝雀——当然是关在笼子里的。"

中士眨了眨眼。

"呃,长官。一只金丝雀?"他不自在地问道。

"嗯,我想虎皮鹦鹉也行。奥普雷肯定能找到。你最好开吉普车去。跟鸟的主人说,如果需要补偿,我们会支付的。"

"我——呃——"

"赶快行动,中士。我要你尽快把鸟弄来,越快越好。"

"好的,长官。呃——你要一只金丝雀。"中士又重复了一遍,以确认自己没听错。

"是的。"艾伦说。

我意识到自己正脸朝下在地面上滑动,非常奇怪。上一刻我还在飞奔向珍妮特,下一刻,中间没有任何空当的,我现在……

滑动停止了。我坐起身来,发现自己被一群人围着。其中一个是消防员,正把一个看起来能杀人的钩子从我的衣服上解下来。一个圣约翰医院的急救员用一种专业的、充满希望的目光望着我。一个非常年轻的二等兵提着一桶白石灰浆,另一个二等兵拿着一份地图,一个同样年轻的下士拿着一根长杆,杆那一头挑着一个鸟笼。还有一个军官手上什么也没拿。除了这群看上去多少有点超现实的人以外,还有珍妮特,她依然躺在当时倒下的地方。消防员已经把钩子从我身上解开,伸向珍妮特。我站起身时他恰好钩住她雨衣上的腰带。他开始往这边拉,腰带果然断了。于是他把钩子伸到她离我们较远的身侧,推着她的身体朝我们这边滚动。滚完第二圈,她坐了起来,看起来衣衫不整,而且非常愤怒。

"感觉还好吗,盖福德先生?"身边有个声音问。

我转过头去,认出那位军官是艾伦·休斯,我们在泽拉比家见过他几面。

"还好。"我说,"这里怎么回事?"

他没有立刻理会我的问题,只把珍妮特从地上扶起来。然后他转头对那位下士说:

"我最好回到主路上去。你在这边继续,下士。"

"是,长官。"下士说。他沿垂直方向放低长杆,鸟笼仍摇摇晃晃地挂在杆的那头。他小心翼翼地把笼子往前一伸。鸟从栖木上摔了下来,躺在铺了沙子的笼底。下士收回笼子,鸟儿略带愤怒地啾鸣一声,又跳回栖木上站着。在旁观的一名二等兵提着桶走上前去,在草地上涂上一个小小的白点;另一个二等兵在手中地图上做了个标记。一行人又这样走出十几米,不断地重复这番表演。

这次轮到珍妮特问这里到底怎么回事了。艾伦尽量解释了他目前知道的一切,然后说:

"很明显,只要这种情况继续,就不可能进去。你们最好的办法就是去特雷恩等封锁完全解除。"

我们望向下士一行人的背影,正赶上那只鸟又一次从栖木上掉下来,然后他们继续穿越通向米德维奇的无害田野。有了之前的经历,我们明白似乎确实没有其他可行的选择了。珍妮特点点头。于是我们谢过年轻的休斯上尉,与他作别,回头走向我们停车的地方。

到了老鹰酒店,珍妮特坚持要订一间房过夜,以防万一……然后她上楼进房间休息去了,而我则向酒吧走去。

　　酒吧里人满为患，就中午而言这相当不寻常，而且里面几乎全是陌生人。其中的大多数人，或两人一对或几人一组地聊天，情绪似乎有些激动；也有几个人独自若有所思地饮着酒。我费了些力气才挤到吧台前面。当我手里端着酒往回走时，有个声音越过我的肩头对我说：

　　"啊，你怎么会在这儿呢，理查德？"

　　这嗓音很熟悉，当我回头看时，那张脸也很熟悉，尽管我花了一两秒钟才认出那是谁——因为我不仅要拨开几十年岁月的面纱，还得变戏法似的用想象给现在穿着花呢衣服的他带上军帽。可一旦认出他是谁，我便一下子高兴起来。

　　"我亲爱的伯纳德！"我大声喊道，"见到你太棒啦！来，让我们找个地方单独叙叙。"我抓住他的胳膊，把他往休息室里拉。

　　一看到他，我就觉得自己又回到了年轻时代：我仿佛又回到了那些海滩上，回到了阿登高原，回到了芮斯华森林，回到了莱茵河畔。我们聊得非常愉快。我向侍者又点了一轮酒。大约半个小时后，第一轮感情迸发才平静下来。这时：

　　"你还没有回答我刚才问你的第一个问题，"他一边认真地看着我，一边提醒道，"我一点也没想到你会干这一行。"

　　"哪一行？"我问道。

　　他微微抬起头，望向吧台方向。

　　"媒体。"他解释道。

"哦,原来那帮人是记者!我正琢磨从哪儿跑来这么多人呢。"

他的一条眉毛稍稍落下了一点。

"嗯,如果你不是跟他们一伙的,那你来干什么?"他说。

"我只是住在这附近。"我告诉他。

这时珍妮特走进了休息室。我把伯纳德介绍给她。

"珍妮特,亲爱的,这位是伯纳德·韦斯科特。我和他在一起的时候他是韦斯科特上尉,但我知道他后来升了少校,而现在他已经是——"

"是上校了。"伯纳德承认,然后以迷人的风度问候了珍妮特。

"见到你真高兴,"珍妮特对他说,"我常听他提起你。我知道有时候人们这么说只是客套,但我这句话可是真的。"

她邀请他与我们共进午餐,但他说他还有公事要办,而且已经迟到了。他遗憾的语气听起来足够真诚,于是她说:

"那就一起吃晚餐吧?去我们家吃,要是我们能回去的话。如果到时候我们还困在这里,就在这里一起吃?"

"你们家在哪儿?"伯纳德问。

"在米德维奇。"她解释道,"离这里大概十三公里远。"

伯纳德的态度稍稍改变了。

"你们住在米德维奇?"他一边问,一边把目光从她身上移到我身上,"搬到那里很久了吗?"

"大概一年了。"我告诉他,"正常情况下我们现在应该正在那儿,但是——"我解释了我们困在老鹰酒店的前因后果。

我说完后他思考了一会儿,然后似乎终于做了决定。他转向珍妮特,说:

"盖福德太太,如果我带走你丈夫,你会原谅我吗？我到这儿来就是为了米德维奇的事情。我想他也许能帮我们,如果他愿意的话。"

"你的意思是,帮你们调查发生了什么事?"珍妮特问。

"这个嘛——可以说是和那有关吧。你怎么想?"他又问我。

"要是我能帮上忙,我当然愿意。但是我看不出……你说的'我们'是谁?"我问。

"你先跟我走,路上再解释。"他对我说,"其实我一小时前就该到那儿了。要不是事情实在重要,我不会这样贸然把他拖走的,盖福德太太,你一个人在这里没问题吧?"

珍妮特让他放心,说老鹰酒店是个安全的地方。然后我们起身离座。

"还有一件事,"我们离开前,他又对珍妮特说,"别让酒吧里的任何人纠缠你。要是他们纠缠你,就直接叫他们走开。他们听说自己的编辑不打算碰米德维奇的事,都有点闹起脾气来了。你不要对他们透露任何一个字。以后再跟你细说这事。"

"好的。我等不及要听了,不过我会守口如瓶的。"我们离开时珍妮特这样答应了。

在离受灾区域稍有一段距离的地方已经建立了一个指挥总部，就在奥普雷路上。在警察看守的路障处，伯纳德出示了一张通行证，执勤的警官向他敬了个礼，我们就这样通过了，再没遇到任何盘问。一位非常年轻的三星肩章军人本来正闷闷不乐地独自坐在帐篷里，一看见我们就精神了起来。既然拉切尔上校外出巡视去了，他认为向我们介绍情况就是他的责任了。

笼中的鸟儿们这会儿似乎已经完成使命，被送回主人身边去了，他们是出于公益精神才不情不愿地出借爱鸟。

"皇家动物保护协会十有八九会来向我们抗议，要是鸟儿得了支气管炎什么的，估计还要找我们赔偿损失。"上尉说，"但是实验结果有了。"他拿出一张大型地图，上面画着一个完美的圆圈，直径约三公里。米德维奇教堂就在圆心稍微偏东南一点的地方。

"就是这样。"他解释说，"就我们所知，受影响区域是整个圆内的所有地区，而不仅是圆周上的带状区域。我们在奥普雷教堂的塔楼上设了一个观察哨，目前没有在区域内观察到任何活动——酒馆外面的路上躺着几个人，也完全没有动过。至于影响该区域的东西是什么，我们没取得什么进展。

"我们已经明确，这种东西是静止的，无形无味，雷达探测不到，不反射声波，对哺乳动物、鸟类、爬行动物和昆虫立刻起效。似乎还不会留下后遗症——至少没什么直接影响，尽管公共汽车上的人还有其他在里面待了一阵的人自然会有些不舒服。我们掌握的情况差不多就这些。至于那东西究竟是什么,老实说,我们还没有任何头绪。"

伯纳德又问了他几个问题,但没得到更多答案。于是我们动身去找拉切尔上校。过了一会儿,我们找到了上校,他正和一个年长的男人在一起,那人是温郡的警察局长。两人站在一个稍高的小土坡上观察地形,身边还有几个级别较低的人陪着。这群人的姿态活像一幅十八世纪的版画,画的是一位将军正在观看一场战况不太顺利的战斗,唯一的区别是现在这幅画上是场看不见的战斗。伯纳德介绍了他自己和我。上校热切而认真地看着他。

"啊!"他说,"啊,对。你就是电话里的那个人,跟我说这事必须保密的那个。"

不等伯纳德回答,警察局长就插话进来:

"保密!保密,可不是吗!国土上有个三公里的圈完全被这东西覆盖了,而你却叫我们保密。"

"这是上面的指示。"伯纳德说,"安全部门——"

"他妈的,他们认为该怎么——"

拉切尔上校打断了他,不让他再说下去。

"我们已经尽力宣称这是一次突击战术演习。虽然不太站得住脚,但好歹有个由头可说。得有个由头。麻烦的是,就我们目前知道的情况看,可能是我们自己搞的什么小把戏出了问题。如今他妈的到处都是保密行动，没有人知道任何事情。不知道其他人手里有什么，甚至不知道你自己可能得用上什么东西。那么多在后面捣鼓的科学家要把我们这个行业毁了。你没法跟上你都不知道是什么的东西。军人这行很快就只剩巫术和电线了。"

"新闻机构已经在关注这事了，"警察局长不高兴地抱怨道，"我们赶走了一部分人。但是你也知道新闻记者是什么样的，他们肯定还会想办法在周围探头探脑，得把他们揪出来赶走。你打算怎么叫他们替你保密？"

"这个，至少不需要你太担心，"伯纳德对他说，"内政部已经对此事下了一条通知。他们让人恼火，但我觉得他们发话还是管用的。不过媒体是否会报道，还是取决于这事会不会引起足够的轰动，让媒体觉得值得来找麻烦。"

"嗯，"上校边说边再次望向前方沉闷的风景，"我想那取决于从报社的角度看，这位'睡美人'是会轰动一时，还是会无人问津。"

在接下来的一两个小时里，不断有各式各样的人跑来，明显都是各个部门的代表，有来自军事部门的，也有来自非军事部门的。奥普雷路边支起了一顶更大的帐篷，一场会议于十六时三十分在帐篷里召开。拉切尔上校首先发言，梳理了目前的情况。这通讲话用时不长。讲话收尾时来了一位空军上尉。他恶狠狠地冲进来，把一张照片拍在上校面前的桌子上。

"瞧好了,各位先生。"他很不高兴地说,"为了这张照片,我们损失了两个好人和一架飞机,幸好另一架没事。我希望这种损失是值得的。"

我们围上去看桌上的照片,并和地图比较。

"那是什么?"一位情报部门的少校指着照片上的一个东西。

他指的那个东西看上去有苍白的椭圆形轮廓,从周围的阴影判断,形状有点像一个倒置的勺子头。警长弯下腰来,更仔细地看那个部分。

"我看不出来那是什么,"他承认道,"看起来可能是某种不寻常的建筑物——但那里不可能有什么建筑。我不到一周前刚亲自去过修道院废墟周围,当时那里没有任何东西。而且,那块地属于英国文化遗产保护局。他们只负责让已经有的东西不倒,不会新建任何东西。"

另一位与会者从照片看向地图,又从地图看向照片。

"不管那是什么东西,数学上看这东西正好在问题区域的圆心上。"他指出,"要是几天前它还不在那里,那么肯定是某个东西在那里着陆了。"

"也可能那是个干草堆,上面套了个颜色很浅的罩子。"有人提议。

警察局长不屑地哼了一声:"看看这个大小,伙计——还有这个形状。干草堆的话得有十几个才有这么大,至少得十几个。"

"那这到底是个什么鬼东西?"少校问。

我们一个接一个用放大镜研究那个东西。

"你们不能从更低空拍一张照片吗?"少校提议。

"要不是因为我们试过,怎么会损失一架飞机?"空军上尉粗暴地对他说。

"这个——该叫什么——这个受影响的区域向上延伸到多远的地方?"有人问。

空军上尉耸耸肩。"你要想知道可以朝里面飞啊,"他边说边用手指敲着照片,"这张是在上方三千米拍的。机组人员在那里没发现任何影响。"

拉切尔上校清了清嗓子。

"我手下有两名军官提出,这个区域可能是个半球体。"他说。

"有可能,"空军上尉表示赞同,"但也可能是斜长方体或者十二面体。"

"我是这么看的,"上校温和地说,"他们观察了鸟儿飞进那个区域的情况,记下了鸟儿开始受影响的精确位置。据他们说,区域边缘不是像一堵墙那样垂直向上延伸的,这一点已经明确了——所以事实上这个区域肯定不是圆柱体,侧面是微微向里收缩的。因此他们认为,受影响的范围要么是圆穹形的,要么是圆锥形的。他们说他们收集到的证据更倾向于半球体,但是这个弧太大了,他们只能研究其中一小部分,所以不能确定。"

"嗯,你提出的是这段时间以来我们唯一的收获。"空军上尉承认。他思考了一会儿,又说:"如果他们关于半球体的说法正确,那么影响范围最高在圆心上方大概一千五百米。但怎么才能确认这一点而不再损失一架飞机,我估计他们也没什么有用的主意。"

"事实上,"拉切尔上校不大有信心地说,"其中一个人有个主意。他建议,我们也许可以弄一架直升机,下方用几十米长的绳子挂一个装金丝雀的笼子,然后缓慢地降低高度——嗯,我知道这听上去——"

"不,"空军上尉说,"这是个好主意。听上去就是确定边界形状的那个家伙想出来的吧。"

"没错,就是他。"拉切尔上校点点头。

"他在鸟类军事科学方面很有自己的一套啊。"空军上尉评论道,"我认为金丝雀的点子我们可以再修改提高一下,但是我们很感谢他提供了这个想法。今天有点太晚了,我会在明天清晨安排的,趁光线好的时候从最低安全高度再拍些照片。"

情报部门的那位少校突然打破了沉默。

"我认为需要备些炸弹。"他沉思着说,"碎片杀伤炸弹,也许。"

"炸弹?"空军上尉边问边挑起眉毛。

"准备一些不会有什么害处。你永远不知道那些俄国人想搞什么鬼。不管怎么样,狠狠炸它一下可能是个好主意。这样它就跑不了了。先把它炸晕,我们才好仔细研究。"

"现在这个阶段就这么搞有点太激进了，"警察局长提出，"我的意思是，如果可能的话，还是先让它保持完整比较好吧？"

"的确可能如此，"那位少校表示赞同，"但这样只会放任它继续干它想干的事，而且它会继续用那玩意儿阻止我们靠近，不管那玩意儿是什么。"

"我看不出它跑到米德维奇来能干些什么。"另一位军官插了嘴，"所以，我猜测它只是迫降在这里，然后用这种屏蔽阻止我们干预，好争取时间维修。"

"这里有格兰奇研究所……"有人以试探的口气说。

"无论是哪种情况，我们越快获得权限进一步破坏它的功能越好。"少校说，"不管怎么说，它也无权侵入我们的领地。当然，真正的重点是，绝不能让它跑了。它太有意思了。除了那玩意儿本身，它的屏蔽效果能为我们所用的话就更好了。我建议采取一切必要行动获取它，尽可能让它保持完整，但如果必须破坏的话也不用手软。"

大家进行了不少讨论，但没得到多少结果，因为在场的每个人几乎都只是来观察和汇报情况的。我能记起来的唯一实际的决策，是夜间每小时投放带降落伞的照明弹，以方便观察，还有清晨派直升机尝试拍摄更有信息量的照片。除此之外，散会时并没有取得其他明确进展。

我不明白伯纳德为什么把我拉到那里——事实上，我甚至不明

白他自己为什么要参加那次会议,因为整个会议期间他没做任何贡献。开车回去的路上,我问他:

"我能问问你为什么要掺和这事吗? 我这样问会不会太冒犯了?"

"也不算冒犯。我对这事有职业上的兴趣。"

"因为格兰奇研究所?"我试探地问。

"是的。格兰奇研究所在我负责的范围内,所以我们自然对周围发生的所有不寻常的事都有兴趣。这件事,应该可以说是非常不寻常了吧,你不这么觉得吗?"

我已经从他会前的自我介绍中猜出,他说的"我们"要么是泛指整个军事情报部门,要么是特指他供职的具体部门。

"我还以为,"我说,"这种事情是由特殊机构负责的呢。"

"不同的机构负责不同层面的事务。"他含糊地回答,然后就转移了话题。

经过一番努力,我们总算在老鹰酒店给他订到一间房。然后我们三人一起用了晚餐。我本来希望饭后他能兑现"之后细说"的承诺,结果我们虽然谈了不少事情(其中包括米德维奇的情况),他却显然有意避免再谈他对此事的职业兴趣。尽管如此,我们仍然度过了一个愉快的夜晚,我甚至开始想,怎么会粗心到让一个像他这么好的朋友淡出我的生活呢?

那天晚上,在谈话的间隙,我两次致电特雷恩警方,询问米德维奇的状况可有改变。两次对方都说情况基本没变。打完第二通电话,我们认定再等下去也没用,于是喝完最后一轮酒就回房休息了。

"他人真好。"房门一关,珍妮特就说,"我本来担心你们在一起会变成老兵重聚,那太太们在一边可就无聊透了。但他没有只顾着谈那些。今天下午他为什么要带你一起去呢?"

"我也觉得很奇怪。"我坦白道,"等我们真到了那里,他似乎就改了主意,不愿再向我透露更多内情了。"

"这可真是太奇怪了。"珍妮特说,好像刚刚才重新意识到整件事有多不正常,"到底是怎么回事? 他真的一丁点儿都没告诉你吗?"

"不仅他没说,其他人也都没说。"我向她保证,"他们只知道一件事,还是我们告诉他们的——你完全不知道那玩意儿是怎么击中你的,事后也没有任何迹象表明它曾经击倒过你。"

"能明确这一点至少也算有点眉目。希望村里的人都和我们一样安然无恙吧。"她说。

二十八日早晨,当我们还在熟睡时,一名气象官员认为米德维奇的地面低雾会提前散去。于是,两名机组人员登上一架直升机,接着有人递给他们一个铁丝笼,里面装着一对活泼而困惑的雪貂。然后,飞机起飞,吵闹地腾空而起。

"据他们估计,"飞行员说,"一千八百米绝对安全,所以我们先飞到两千一百米试试看。讨个好彩头。如果没问题,我们再慢慢把它们降下去。"

旁边的侦查员放下设备,忙着逗两只雪貂玩,直到飞行员对他说:

"好,你可以把笼子放下去了。我们七点整开始穿越试飞。"

笼子伸到了门外。侦察员把线放出九十米长。飞机掉了个头,飞行员通知地面,他即将开始进行第一次横穿米德维奇的飞行。侦察员趴在地上,透过镜片观察笼中的雪貂。

目前它们情况良好,不停地在笼子里爬来爬去,还扑到对方身上。他把望远镜从雪貂身上移开了一小会儿,望向前方的村子。

"喂,机长。"他说。

"嗯?"

"他们叫我们拍的那个东西,修道院旁边的那个。"

"它怎么了?"

"嗯,要么它只是个幻影,要么它现在飞走了。"侦查员说。

第五章
米德维奇再度复苏

几乎就在侦察员发现这一点的同时，纠察队正在从斯托奇到米德维奇的路上进行例行测试。带队的中士向画在路上的白线那边扔出一块糖，然后观察被长绳拴住的狗冲过线去吃糖。狗叼起糖来，咬碎了。

中士对着狗仔细观察了一会儿，然后自己走到白线前面。他站在那里犹豫了一会儿，跨了过去。什么也没发生。他的信心增强了，于是又朝前迈了几步。五六只乌鸦鸣哇鸣哇地叫着，从他头顶掠过。他看着那些鸟儿稳健地拍着翅膀，越过米德维奇上空，飞远了。

"喂，你们，那边的，信号员！"他大声地叫道，"通知奥普雷路上的总部。受影响的区域缩小了，我相信已经安全了，将在进一步测试后确认！"

几分钟前,在凯尔庄园里,戈登·泽拉比艰难地翻了个身,发出一阵几乎是呻吟的声音。现在,他意识到自己正躺在地上;他还意识到刚才还明亮温暖——甚至也许稍微有点过热——的房间现在变得黑漆漆的,而且又湿又冷。

他打了个寒战,觉得自己从来没这么冷过。那寒意毫不含糊地贯穿了他的身体,体内的每一根纤维都冷得发痛。黑暗中传来另一个人挪动身体的声音。费蕾琳的声音颤抖着说:

"发生什么事了……爸爸……安吉拉……你们在哪里?"

泽拉比张开嘴,下颚很痛,似乎很不愿意开合。他说:

"我在这儿,都快冻……冻僵了。安吉拉,亲爱的……"

"我就在这儿,戈登。"她的声音很不稳定,但就在他身后很近的地方。

他伸出一只手,碰到了什么东西。但手指冻得麻木了,摸不出那是什么。

房间另一头传来一阵窸窸窣窣的动静。

"老天,我都僵得动不了了。噢,噢,噢!啊,天哪!"费蕾琳的声音抱怨着,"噢,啊,噢,根本不敢相信这是我的腿。"她停下动作静止了一会儿,"那个咔啦咔啦的是什么声音?"

"是我的牙——牙齿,我觉——觉得。"泽拉比十分艰难地说出这几个字。

更多窸窸窣窣的动静，接着是有人跌跌撞撞走路的声音。然后窗帘环叮当作响，房间被灰色的光照亮了。

泽拉比把目光转向壁炉，难以置信地盯着那里。片刻之前他明明刚把一根新木头投了进去，可现在壁炉里除了一点灰烬以外什么也没有。安吉拉在离他一米远的地毯上坐起身来，费蕾琳站在窗户边上，她们也和他一样盯着壁炉。

"到底怎么回事？"费蕾琳先开口。

"是喝了香——香槟的原因吗？"泽拉比提出一个假说。

"噢，别闹了，爸爸！"

尽管每一个关节都在抗议，泽拉比还是努力尝试站起来。他发现那太痛苦了，于是决定站在原地缓一缓。费蕾琳摇摇晃晃地走向壁炉。她一只手伸向炉门，站在那里不断地打着战。

"我想火完全灭了。"她说。

她试着去拿椅子上的《泰晤士报》，但冻僵的手指根本抓不住东西。她痛苦地看着报纸，然后挣扎着用两只僵硬的手把它揉成一团，塞进了壁炉。她又两手并用地努力了一番，终于成功地从篮子里捡起几块较小的木头扔到报纸上。

火柴一直划不着，费蕾琳又急又恼，几乎哭了起来。

"我的手指不听使唤了。"她可怜地哀号道。

在努力挣扎的过程中，她把火柴撒到了壁炉前的地上。她用火柴盒去摩擦地上的火柴，不知怎么终于点燃了一根。烧着的火柴引燃了另一根。她把这堆火柴都推向从炉门里伸出来的报纸。报纸终于也烧着了,火焰绽放,像一朵美丽的花。

安吉拉站起身来,僵硬而蹒跚地走近壁炉。泽拉比手脚并用,也向那边移动。木头开始噼噼啪啪地烧起来。他们面朝壁炉蹲着,贪婪地汲取温暖。伸向火焰的手指渐渐不那么麻木了,取而代之的是一种刺痛的感觉。过了一会儿,泽拉比一家出现了复苏的迹象。

"真奇怪,"他从依然忍不住打战的牙齿间挤出这么一句话,"真奇怪我活到这把年纪才理解人类拜火行为潜在的合理性。"

在奥普雷路和斯托奇路上,有大批车辆在启动和暖机。现在,由救护车、消防车、警车、吉普车和军用卡车组成的两股车流开始向米德维奇方向汇聚。他们在绿地处会合。民用车辆在这里停下,车上的人乱糟糟地挤下来。军用卡车大多奔向西科姆巷,驶往修道院。只有一辆红色小轿车,它与这两股车流里的车都不一样,它径自下了大路,驶过通往凯尔庄园的颠簸小路,停在庄园前面的石子地上。

艾伦·休斯冲进泽拉比的书房,把费蕾琳从火堆旁的人群里拽出来,紧紧地拥在怀里。

"亲爱的!"他大声喊道,呼吸仍然十分急促,"亲爱的!"

"亲爱的!"费蕾琳回应道,仿佛他的呼唤是一个问题,而她的是一个答案。

戈登·泽拉比体贴地等了一会儿,然后说:

"我们，嗯，也没事。我们相信没什么事，虽然我们还是很迷茫。此外我们还觉得有点冷，你看能不能——"

艾伦似乎刚刚注意到还有其他人存在。

"那——"他刚开口说话就因为灯突然亮起来而被打断了。"好，嗯，"他说，"热饮马上就来。"然后他就离开了房间，把费蕾琳也拖走了。

"热饮马上就来。"泽拉比嘟嘟囔囔地说，"多么简单的短语！多么美妙的音乐！"

于是，当十三公里之外的我们下楼吃早餐时，迎接我们的是这样两条消息：韦斯科特上尉几小时前就出去了；米德维奇差不多再次苏醒了，就像它每天早晨自然而然地醒来那样。

第六章
米德维奇尘埃落定

斯托奇路上仍有警哨把守，但我们是米德维奇的居民，所以很快就被放行。一路上的景象与平时并无二致，我们没再遇到阻碍，顺利驱车抵达了我们的小屋。

我们曾不止一次琢磨家里会是什么情况，但事实证明并没什么值得惊慌的情况发生。小屋完好无损，和我们离家时一模一样。我们像昨天原计划的那样进屋安顿下来，没有遇上任何不便，除了因为停过电，冰箱里的牛奶坏了。事实上，到家半小时之后，昨天的事就开始显得不太真实了；当我们出门与邻居交谈时，我们发现对那些亲身经历此事的人而言，这种不真实感甚至更强烈。

这并不奇怪，因为正如泽拉比先生所说，关于此事，他们仅仅知道自己某天晚上没有上床睡觉，然后又在某个早晨突然醒来，感到奇冷无比。除此之外的情况都是听别人说的。他们不得不相信，在此期间他们失去了一天，因为世界上的所有其他人总不大可能集体弄错日期。但是，就他个人的感觉而言，这段经历甚至算不上有趣，因为有趣的首要前提毕竟是有意识地感知这段经历。因此，他建议完全忽略此事，尽力忘记他被多骗走了自认为以合理秩序流逝的一天。

有那么一阵子，保持这种置之不理的态度出乎意料地容易，因为在那一阶段看来，就算没有《官方保密法》的封口威慑，这事似乎也未必能在报纸上造成什么真正的轰动。如果把这条新闻比作一道菜的话，这菜虽有些诱人的香味，却缺乏货真价实的内容。此事共导致十一人伤亡，也许可以利用起来做些文章，但即使是这样的故事也缺乏刺激的细节，激不起冷漠读者的兴趣。幸存者的故事更是太缺乏戏剧性，因为除了在寒冷中醒转外，他们完全记不起任何值得讲述的事情。

因此，我们出乎意料地保有相当程度的隐私，得以在不受打扰的环境中评估我们的损失，包扎我们的伤口，从那段事后被称为"昏迷日"的经历中恢复，从各方面重新调整自己。

此事的十一名死伤者是：农场工人威廉·特伦克先生、他的太太和两人年幼的儿子，因他们家的小屋烧毁而丧生。一对姓斯塔格菲尔德的老夫妇，死于另一栋起火的小屋中。另一位农场工人休伯特·弗莱格死于接触不明物质，人们在距离哈里曼太太居住的小屋非常近的地方发现了他的尸体，至于他为什么会在那里，这不太容易解释,反正哈里曼太太的丈夫当时正在他经营的面包坊里干活。哈里·克兰哈特也死于接触不明物质。奥普雷教堂塔楼顶上的观察哨看见两个人躺在"镰与石"酒馆门口,克兰哈特就是其中之一。剩下的四名死者都是老年人,医生给他们用了磺胺类和抗真菌类药物,但未能阻止肺炎恶化。

第二周的周日,李博迪先生代表我们所有人做了感恩节布道。那天,教堂的上座率高得很不寻常。他做完那次布道,又主持完那批葬礼中的最后一场,然后整件事就被人们定义为一场已经过去的怪梦。

事后有一周左右,确实有若干士兵在周围走动,不少官方车辆来来往往,但他们的兴趣焦点并不在米德维奇村内,所以这些活动对米德维奇干扰不大。很容易看出,调查人员的注意力集中在修道院废墟附近,那里专门设了一个警卫负责看守地面上的一个很大的凹坑,看起来绝对曾有某种巨大的东西在那里停留。工程人员对凹坑进行了测量,画了草图,拍了照片。然后各类技术人员拿着地雷探测器、盖革计数器和其他精密仪器在凹坑上来回踩踏。再之后,军方突然撤走所有人员,对这里完全失去了兴趣。

格兰奇研究所的调查活动持续得稍久一些,伯纳德·韦斯科特也参与了调查。他来拜访过我们几次,但没透露任何进展,我们也没有询问调查的细节。我们并不比其他村民知道得多——因为当时有保密检查。直到调查结束的那天傍晚,他才在宣布第二天就要

动身回伦敦后开口谈起"昏迷日"及其后续。谈话出现了一段时间的冷场,然后他说:

"我有个提议想对你们两人说,如果你们愿意听的话。"

"你先说来听听。"我对他说。

"大概是这样的:我们认为有必要监视这个村庄一段时间,了解这里的情况,这对我们很重要。我们本可以专门派一个我们的人来这儿做这件事,但这样安排有几个坏处。一是他得从零开始,任何陌生人要融入任何一个村子里的生活都得花不少时间;二是,目前派一个好手全职来这里恐怕上级未必会同意——可要是他不全职待在这里,又很难说他能派上多大用场。但是,假如我们能找到一个可靠的人,他本来就熟悉这地方和这里的村民,由他把未来可能出现的动向汇报给我们,从各方面看都更理想。你觉得呢?"

我考虑了一会儿。

"你只说这么一点,我没太多想法。"我对他说,"我觉得,这主要取决于到底要监视什么。"我瞥了一眼对面的珍妮特。她有点冷淡地说:

"听起来你是在邀请我们监视我们的朋友和邻居。这种事我想你雇个专业间谍来做也许更合适。"

"这里,"我支持珍妮特,"是我们的家。"

他点点头,似乎早就预料到了这种答复。

"你们觉得自己是这个社区的一部分吗?"他说。

"我们正努力成为社区的一部分,而且,我认为我们已经开始成为它的一部分。"我对他说。

他又点了点头,"很好——至少你们觉得你们开始对这个社区负有义务,那就很好。我们需要的就是这个。这个社区正需要一个关心社区利益的人来负责关注它的情况。"

"我不太理解你为什么这么说。几个世纪以来没人特别关注这里的情况,这里似乎也一直好得很……或者,也许我应该这么说,村子由村民自己关注就足够了,不需要什么其他人的额外关注。"

"是的。"他承认,"你说得非常对——在此之前是这样。但是,现在,这里需要来自外部的保护,也会获得这种保护。在我看来,能不能最大程度上为米德维奇提供这种保护,似乎主要取决于我们对村子内部的情况有没有充分的了解。"

"哪种保护? 谁提供的保护?"

"目前,主要是保护大家不被爱管闲事的人骚扰。"他说,"我亲爱的朋友,米德维奇'昏迷日'的事情在当天的各种报纸上没有激起任何水花,你不会觉得这是个'意外'吧? 保密检查解除以后,记者没有蜂拥而至,搅得这里的每个人不得安宁,你不会觉得这也是个'意外'吧?"

"当然不是。"我说,"我自然知道这事有保密因素在,你亲自对我说过——我对此并不觉得惊讶。我不知道格兰奇研究所里在搞些什么,但我知道是非常秘密的事情。"

"但并不只有格兰奇研究所被催眠了。"他指出,"方圆一两公里的所有东西都中招了。"

"但是格兰奇研究所也被催眠了。焦点一定是格兰奇研究所。很可能是这样的,造成影响的那东西——不管它是什么——没法作用在更小的半径中。或者那些人——不管他们是谁——认为扩大催眠范围,留出这么多余地会更安全。"

"村里人是这么想的吗?"他问。

"大部分人是这么想的——也有几个人不这样认为。"

"我想了解的正是这类事情。他们都归咎于格兰奇研究所,对不对?"

"那是自然的,还能是什么原因——在米德维奇这种地方?"

"好。那么,假设我告诉你,我有理由相信此事与格兰奇研究所毫无关系,而且,我们做了非常细致的调查,但除了证实它与格兰奇研究所无关外毫无收获,你怎么说?"

"可是如果这样,整件事情就完全说不通了。"我抗辩道。

"确实说不通——并不比事故更说得通。"

"事故? 你是说迫降事故?"

伯纳德耸耸肩,"这我不能告诉你。也许事故与格兰奇研究所恰好位于着陆地点有关。但我要说的重点是:村里几乎每个人都接触到了一种古怪的、我们极其陌生的现象。而现在你们,以及所有其他村民,却都假设这事已经结束了,不会再有任何影响。你们为什么会这么觉得？"

我和珍妮特都睁大眼睛望着他。

"这个嘛，"她说，"那东西来了又走了，所以为什么不能假设它已经结束了？"

"所以它仅仅是来了，什么也没做，然后又走了，没有对任何东西产生任何影响？"

"我不知道，没产生肉眼可见的影响——当然除了有人死了以外。死者肯定什么都不知道，这样想比较仁慈。"珍妮特答道。

"没有肉眼可见的影响。"他重复珍妮特的话，"目前来说这还不能说明太多问题，对不对？ 比如说，你可能受到相当大量的 X 射线辐射、伽马射线辐射，或者其他什么辐射，当下却看不出任何影响。你不必惊慌，我只是举个例子。如果有这类辐射，我们应该已经发现了。我们没有发现什么辐射。但是这件事里有某种我们无法探测出来的东西。某种我们非常陌生的东西，那种东西能导致——让我们称其为'人工昏睡'。注意，这是一种非常惊人的现象——我们无法解释，而且非常值得警惕。你是否真的认为我们应该轻率地假设这样一个奇异的事件仅仅是发生了，然后消失了，却不会留下任何影响？ 当然，也许它真的不会留下任何影响，就像吞一片阿司匹林一样没什么后遗症。但我们是不是应该关注一下事情的后续发展，看看到底有没有后遗症？"

珍妮特的态度软化了一点。

"你的意思是,你希望我们,或者别的什么人,帮你做这件事。帮你观察,并且记录任何风吹草动?"

"我只是想要一个可靠的信息来源,帮我们关注米德维奇的整体情况。我希望能随时了解这里的最新动向,那样的话,如果有必要采取什么措施,我们就能掌握这里的情况,并且能更好地及时处理这些情况。"

"你说得好像这是种社会福利工作似的。"珍妮特说。

"从某种角度看,它就是种社会福利工作。我希望有人能定期向我汇报米德维奇村民的健康情况、精神状态、情绪状况,这样我就能像父亲看管孩子一样关注这里的情况。你不要把它想成间谍活动。我了解这些信息是为了采取符合米德维奇利益的行动,如果确有必要采取此类行动的话。"

珍妮特定定地看了他一会儿。

"你到底觉得这里会发生什么,伯纳德?"她问。

"要是我知道会发生什么,我还用请你们帮忙吗?"他反问,"我是在采取预防措施。我们不知道那东西是什么,也不知道它会产生什么影响。在没有证据的情况下,我们不能下隔离令。但是我们可以关注这里,收集证据。至少,你们可以帮我们这么做。所以,你们怎么说?"

"我拿不定主意。"我对他说,"给我们一两天时间考虑一下,然后我会答复你的。"

"很好。"他说。然后我们便继续谈其他话题。

在接下来的几天里，珍妮特为这事和我商量了好几回。她的态度有了显著的变化。

"他肯定有什么事瞒着我们，我很确定。"她说，"但会是什么事呢?"

我说我不知道。她又说:

"他并不是叫我们监视某个特定的人，对吧?"

我表示赞同。她又说:

"他要我们做的事本质上和卫生部医务人员的工作没什么区别，对不对?"

确实没太大区别，我想。她又说:

"如果我们不做，他就得找其他人做。我实在看不出他能在村里找谁帮他。如果他迫不得已派个陌生人来，也不太好，也不是很有效率，是不是?"

我想应该也是。

于是，考虑到奥格尔小姐在邮局的战略地位，我没有给伯纳德打电话，而是写信告诉他:只要他愿意满足我们一两个细节上的要求，我们与他的合作之路就畅通无阻了。我们收到回复，他叫我们下次去伦敦时安排与他见一面。他的信看上去一点也不紧急，只是叫我们在与他会面之前注意周围的情况。

我们照办了。但是并没有多少值得注意的事情。"昏迷日"过去两周后,除了表面的一些非常微小的"波澜",米德维奇已经重回死水般的平静。

少数认为自己的照片将会见报、闻名全国的人已经放弃,毕竟这一权利如今已被安全部门剥夺;剩下的人则很高兴此事没对他们的生活造成更多的打扰。本地舆论的另一分歧涉及对格兰奇研究所及其中人员的看法。一派意见认为格兰奇研究所肯定与此事件有着某种联系,如果不是因为格兰奇研究所中进行的秘密活动,米德维奇绝不会遭遇那桩怪事;另一派意见则认为格兰奇研究所在事件中起到了正面的影响,大家应该感激格兰奇研究所的存在。

曾获大英帝国荣誉勋章的格兰奇研究所站长阿瑟·克里姆先生,一直租住在泽拉比家的一栋小屋里。一天,泽拉比遇到他时表达了村里多数派的看法,即这个村子应该对研究人员心怀感激。

"因为有你们在,此地才有了情报安全方面的价值。若非如此,"他说,"我们无疑会遭受比'昏迷日'严重得多的灾祸。我们的隐私必遭蹂躏,我们脆弱的感情必被现代社会的'复仇三女神'——印刷品、录音和照片这可怕的三姐妹践踏。因此,尽管对你们多有打扰,我仍然要请你至少接受我们的感谢,感谢你们使米德维奇的生活方式基本上得以完好无损地保存下来。"

波莉·拉什顿小姐几乎是卷入此次事件的唯一外来访客。她结束了在叔叔婶婶家的假期,回到了伦敦的家中。艾伦·休斯恼火地发现,自己不仅被莫名其妙地派往苏格兰北部,而且退伍时间也比他预期的晚了好几个星期。于是,他在那里花大部分时间以书面形式与团部档案办公室吵架,剩下的时间则似乎大部分用于与泽拉比小姐通信。面包师的妻子哈里曼太太想出了一系列不太令人信服的理由,解释休伯特·弗莱格的尸体为何出现在她家前院。此番努力失败以后,她干脆转守为攻,喋喋不休地痛斥她的丈夫,包括她确知的部分和她怀疑的部分。其他所有人的生活一切如常。

因此,三个星期后,那次事件几乎已经成为历史。人们预期,再过一小段时间,连标记此事的新墓碑,大概也会因为自然而然的原因成为历史文物,至少其中一大半会。唯一因此次事件成为寡妇的人——克兰哈特夫人恢复得很不错,没有任何迹象显示她打算为她目前的状况忧伤,或因此任由自己柔软的心变硬。

米德维奇仅仅因为此事微微抽动了一下——动作也许有点奇怪,但幅度微小。在它长达千年的昏睡中,这是它的第三次或第四次抽动。

现在我遇到了一个技术上的难题,因为,正如我在前文中解释过的那样,这并不是我的故事。这是米德维奇的故事。假如我按我得到信息的顺序讲述,就会前后跳来跳去,写出一个时序混乱、因果倒置、几乎没人能看懂的大杂烩。因此,我必须重新整理这些信息,完全不顾我得知信息的日期和时间,只按照事件发生的时间顺序讲述。倘若这种写法显得作者仿佛未卜先知或无所不知,令读者恐惧不安,那么我只能请读者多多包涵并相信这只是后见之明造成的假象。

例如,事后的调查(而非当时的现场观察)显示,村子表面上回归正常后不久,虽然整体平静安宁,但在局部已经开始产生一些微小的不安旋涡。那些不安当时还是孤立的、不被公开承认的。那大约是十一月末或十二月初的事情,在某些地方可能再略早一点:也就是说,大约是费蕾琳·泽拉比小姐在与休斯先生的每日通信中提到"一种稀薄、脆弱的怀疑开始令人不安地凝结起来"的时候。

在一封看起来似乎不太连贯的信中,她解释——也许更准确地说是暗示——道:她看不出那怎么可能;而且,事实上,根据她掌握的所有信息,那应该是不可能的;因此她完全不理解那是怎么回事,但事实是,因为某种神秘的原因,她似乎怀上了孩子——嗯,事实上"似乎"这个词不够准确,因为她其实非常确定她怀上了,很确定。因此,请问他是否能在周末请一次假? 因为她实在觉得,这是必须当面说清楚的那种事情……

第七章
山雨欲来

事实上,调查显示艾伦并不是第一个听说费蕾琳的这条新闻的人。她已经担忧和困惑了一段时间,在提笔给他写信的前两三天,她决定在家庭圈子里公布此事:一来,她迫切需要建议和解释,而在她查询的那些书里完全找不到这类东西;二来,她认为主动宣布比一直拖到被人猜出来更有尊严。她觉得安吉拉是头一个获知此事的最佳人选,当然也要告诉母亲,但最好稍微迟一点,等所有组织工作完成再说;有些情况会让母亲立刻指手画脚地开始操纵所有事情,而这件事似乎就属于那一类。

然而,制定决策总是比采取行动容易得多。周三早晨,费蕾琳彻底下了决心。她决定在那天的某个时段,找个气氛轻松的时刻,把安吉拉悄悄拉到一边,向她解释事情的经过……

不幸的是,周三一整天完全没有气氛轻松的时刻。周四早晨不知何故感觉也不大合适。周四下午安吉拉去妇女协会开会，所以那天晚上她看上去过于疲惫。周五下午有那么一刻似乎可以开口，但当时爸爸正在带来吃午饭的客人参观花园，一会儿就会领着客人回来用茶，因此似乎也不是提那种事的时候。于是，一来二去，周六早晨起床时，费蕾琳依然未能说出她的秘密。

"我今天一定得告诉她——就算各种情况看起来并不完全合适也要说。不然这事会一直这样拖上好几个星期。"更衣完毕时，她坚定地对自己说。

她走到早餐桌边时，戈登·泽拉比已经快吃完了。他心不在焉地接受了她问早安的吻，接着离席奔赴他每天的例行公事——先是快速绕花园一圈，然后走进书房，埋首工作。

费蕾琳吃了一点玉米片，喝了点咖啡，接受了端到她面前的一个煎蛋和一些熏肉。她只吃了两口就断然推开盘子，断然的程度足以把安吉拉从沉思中唤醒。

"你怎么了？"安吉拉从桌子那头问道，"食物味道不好吗？"

"哦，食物没什么问题。"费蕾琳对她说，"我只是今天早晨不太想吃鸡蛋，没别的。"

费蕾琳多少有点希望她能问一句为什么，可安吉拉却只露出一副不感兴趣的表情。费蕾琳心里似乎有个声音在怂恿她："为什么不趁现在说？毕竟，什么时候说根本没多大区别，难道不是这样吗？"于是，她深吸了一口气。为了更婉转地引出话题，她说：

"事实上,我今天早晨觉得不大舒服。"

"哦,是吗?"她的继母说完停顿片刻,伸手取来黄油,然后举起已经涂了柑橘酱的吐司,说:"我也觉得不大舒服。真是太可怕了,不是吗?"

现在费蕾琳像一架已经滑上跑道的飞机。她立刻碾碎了转移话题的机会,决定一鼓作气地把话说完。

"我觉得,"她平稳地说,"我这种不舒服比较特殊,是那种——"为了把话说得一清二楚,她进一步补充,"女人要生小孩的时候才会有的不舒服,不知道你明不明白我的意思?"

安吉拉若有所思又充满兴趣地看了她一会儿,然后缓缓地点点头。

"我明白。"她说。她全神贯注地在吐司的另一个区域里涂上黄油,又抹上一些柑橘酱,然后再次抬起头来。

"我的不舒服也是那种不舒服。"她说。

费蕾琳睁大眼睛望着她,感到自己的嘴巴不受控制地张开了一点。她既意外又困惑地意识到自己听到了一句让人有些震惊的话。不过……嗯,毕竟,为什么不行呢? 安吉拉只比她大十六岁,所以就算那样也是很自然的,只是……嗯,不知道为什么她就是没想到会这样……总感觉不太……毕竟,爸爸和第一任太太已经有三个孙辈了……

而且,所有事都太出乎意料了……不知为何,就是从没想到会这样……倒不是说安吉拉人不好,她也很喜欢安吉拉……只是,安吉拉好像应该是一个能干的大姐姐……得花点时间接受……

她继续盯着安吉拉,找不到听上去合适的话语,因为所有事情似乎都突然转了个弯,冲向错误的方向……

安吉拉没有看费蕾琳。她直勾勾地盯着桌子下面,或是透过窗户望着远方,看向某种比窗外栗子树摇曳的裸枝更远的东西。她深色的眼睛闪着明亮的光。

那光越来越亮,最后凝成两颗亮闪闪的珠子,落在她的下睫毛上。眼泪先是汪在眼睛里,然后溢出眼眶,沿着安吉拉的脸颊流下来。

费蕾琳仍被一种令她动弹不得的感觉控制着。她从没见安吉拉哭过。安吉拉不是那种人……

安吉拉垂下头,把脸埋进双手里。费蕾琳跳了起来,仿佛那种不准她动的魔力突然解除了。她奔向安吉拉,伸出手臂搂住她,感到她在自己怀里颤抖着。她紧紧抱住她,轻抚她的头发,轻柔地发出安抚的声音。

在接下来的那段沉默中,费蕾琳情不自禁地觉得这里有种奇怪的错位感。她们两人的位置不能算完全调换,因为她并没有打算伏在安吉拉肩上哭泣。但这种错位感如此强烈,足以使人怀疑自己在做梦。

不过,安吉拉很快便不再颤抖。她的呼吸变得更长、更平静了,然后她开始翻找手帕。

"呼!"她说,"我这样犯傻真是抱歉,但我实在太高兴了。"

"哦。"费蕾琳很不确定地应了一声。

安吉拉擤擤鼻子,眨眨眼睛,又用手帕擦拭脸上的泪痕。

"你瞧,"她解释道,"就算在自己心里,我都实在不敢相信这是真的。说出来以后,感觉突然真实了起来。我一直都很想要孩子,非常想要,你知道吧。可是没有什么动静,一直都没有动静,所以我开始觉得——怎么说呢,我几乎已经决定再也不要想这件事了,就尽量过好眼前的生活算了。可现在却真的发生了,我——我——"她又哭了起来,这次是安静而舒畅的哭泣。

几分钟以后,她平静下来,用团成一团的手帕最后一次拍了拍脸颊,然后果断地收起了手帕。

"好了,"她说,"没事了。我从没想过大哭一场会让我觉得好受,但看来眼泪真的有帮助。"她看着费蕾琳,说:"不过我这样哭实在太自私了。我很抱歉,亲爱的。"

"哦,没关系。我为你高兴。"费蕾琳说,她觉得自己这么说很慷慨,因为这会儿高潮都过去了,自己仿佛被抢了风头。她停顿片刻,继续说道:

"事实上,我自己倒是觉得没什么可哭的。但我确实觉得有点害怕……"

这个词引起了安吉拉的关注,把她的思绪从她自己的感受里拽了出来。她没想到费蕾琳会这样说。她若有所思地看了继女一会儿,似乎刚刚理解目前的情况。

"亲爱的,你说你害怕?"她把费蕾琳用的词重复了一遍,"我觉得你不需要害怕。当然这并不是特别合适,但是——怎么说呢,对这事太大惊小怪也没有意义。我们首先要确认一下你没弄错。"

"我没弄错。"费蕾琳闷闷不乐地说,"但我不理解。我跟你不一样,你结婚了,诸如此类的区别。"

安吉拉不理会这话,继续说道:

"嗯,那么,下一件事就是必须通知艾伦。"

"对,我想是得通知他。"费蕾琳表示同意,但语气里却没有丝毫激动和热情。

"当然要告诉他啦。你不用害怕。艾伦不会让你失望的。他很爱你。"

"你确定吗,安吉拉?"充满疑虑的口气。

"你在说什么呀,我当然确定,你这个傻瓜。只要看他一眼,就知道他多爱你了。当然啦,这事是有点违反道德,但是我毫不怀疑他听了会很高兴的。自然,这会——怎么了,费蕾琳,你怎么了?"她突然住了口,因为费蕾琳的表情把她吓着了。

"不——你不明白,安吉拉。孩子不是艾伦的。"

同情的表情消失了,安吉拉的脸冷了下来。她准备站起身来。

"不!"费蕾琳绝望地大声叫道,"你不明白,安吉拉! 不是你想的那样。**孩子不是任何人的！所以我才会害怕……**"

在接下来的两周里，米德维奇的年轻女性中有三人要求与李博迪先生进行秘密会谈。她们婴儿时是他施的洗礼；他了解她们，也了解她们的父母。她们都是聪明的好姑娘，而且绝对不无知。然而三人事实上都向他表达了同一个意思："**孩子不是任何人的，**牧师先生。所以我才会害怕……"

当面包师哈里曼先生听说太太去看过医生，他立刻想起休伯特·弗莱格的尸体是在他家的前院里被发现的。于是他打了太太一顿，而她痛哭流涕地辩称休伯特根本就没进过屋，说她不仅跟休伯特没有任何瓜葛，跟其他男人也没有。

年轻的汤姆·多里在外国服役十八个月后休假回家，听说妻子的身体状况后立刻收拾行李回了自己母亲家。但他母亲叫他赶紧回家去安慰那个女孩，因为她看上去一副吓坏了的模样。见这番说辞没有打动汤姆，母亲竟告诉他，她自己—— 一个多年来备受尊重的寡妇——也，怎么说呢，虽不至于说被吓坏了，但她实在无法说清这到底是怎么发生的。一头雾水的汤姆·多里真的回家去了，却发现妻子躺在厨房的地上，身边有一个空了的阿司匹林瓶子。他赶紧冲出去找医生。

一位不太年轻的女士突然买回一辆自行车，并以惊人的毅力，发了疯似的骑了骇人的距离。

两位年轻女士因为洗澡水太热而晕倒在浴室里。

另外三位无法解释自己为什么莫名其妙地摔倒并滚下了楼梯。

还有一些女士经历了不同寻常的胃部不适。

就连邮局的奥格尔小姐也显得不大对劲,有人看到她吃的餐食也非常奇怪,包括厚一厘米多的烟熏鲱鱼酱和大约半斤的腌黄瓜。

惠乐斯医生心中的焦虑节节攀升,最后他终于忍不住去牧师家找李博迪先生开紧急会议。然而,命运仿佛有意强调立即采取行动的必要性,两人的这次谈话被一通请求医生出诊的激动电话打断。

病人的情况没有想象的那么糟。虽然罗西·普莱奇按字面意思理解消毒剂瓶子上的"剧毒"两字,但事实证明印那两个字仅仅是为了符合有关部门规定。这虽然万分走运,却并没有改变服毒者的悲剧性意图。救治结束后,惠乐斯医生浑身发抖,心中充满一种无能为力的愤怒,却不知自己该对什么愤怒。可怜的小罗西·普莱奇只是一个十七岁的姑娘……

第八章
共商对策

　　艾伦和费蕾琳的婚礼令戈登·泽拉比愉快地找回了心灵的平静。但仅仅两天之后,这种平静就因惠乐斯医生的突然来访而烟消云散。因为罗西·普莱奇差点送命的悲剧,医生当时仍然心烦意乱,态度十分激动,所以泽拉比一开始并未完全听懂他的来意。

　　然而,随着谈话层层展开,他明白医生和牧师经过事先商量,一致决定来寻求他的帮助——更准确地说,他们似乎是来寻求安吉拉的帮助。到底是什么事需要帮助,医生说得相当含糊,泽拉比只听明白了他原本打算迟些再来求助,可是普莱奇那孩子的不幸遭遇促使他现在就来了。

　　"到目前为止我们还算走运,"惠乐斯说,"但一周以来,这已经是第二起自杀未遂事件了。随时都可能再有人出事,而且下一起也许就不是未遂了。我们必须把这事公之于众,缓解她们紧张的情绪。不能再拖下去了。"

"就我所知，你所说的事目前肯定还没有公之于众。所以到底是什么事？"泽拉比问道。

惠乐斯盯着他看了一会儿，然后用手揉了揉额头。

"对不起，"他说，"我最近被这事搞得心烦意乱，都忘了你可能还不知道这事。很多人怀孕了，原因无法解释。"

"无法解释？"泽拉比扬起了眉毛。

惠乐斯尽最大努力解释了这些妊娠为什么无法解释。

"整件事实在难以理解。"他总结道，"因此我和牧师不得不回到这个理论：这肯定和另一件我们至今无法解释的事情——也就是'昏迷日'——有某种关系。"

泽拉比若有所思地看了他一会儿。有一件事情是毋庸置疑的，那就是医生的焦虑绝不是装出来的。

"这似乎是个很奇怪的理论。"他谨慎地暗示道。

"情况已经远不止'奇怪'了，"惠乐斯答道，"但这事可以先放一放。必须马上解决的是，很多女人现在已经到了歇斯底里的边缘。其中有些本来就是我的病人，还有些很快也会成为我的病人，除非我们能迅速缓解她们紧张的情绪——"他摇了摇头，没有把话说完。

"很多女人？"泽拉比重复了这几个字，"你说得有些含糊，到底有多少人？"

"我也说不准。"惠乐斯承认。

"那么,大概有多少呢?我们着手处理之前先得大概有个数。"

"要我说的话——哦,六十五到七十个。"

"你说什么?"泽拉比难以置信地瞪着他。

"我已经说了,问题非常棘手。"

"可是,如果你不确定人数,为什么会说出六十五这么准确的数字?"

"因为我估计是这么多——我承认这是非常粗略的估计——但我想你会发现,村里育龄妇女的总人口差不多就是这个数。"惠乐斯对他说。

当夜晚些时候,等安吉拉·泽拉比看起来既疲惫又震惊地上床休息后,惠乐斯医生说:

"让她这么难受我非常抱歉,泽拉比——但就算我不说,她很快也会知道的。我真希望其他人听到这消息时能有你太太一半坚强。"

泽拉比阴郁地点了点头。

"她很伟大,是不是?要是受到这种打击,我真不知道你或我能不能承受得住。"

"太可怕了。"惠乐斯表示同意,"到目前为止,已婚妇女本来是不怎么慌张的,可是现在为了不让未婚妇女陷入绝望,我们只好让已婚妇女先承受打击了。可是,实在没有别的办法了,我看不出有什么办法。"

"有个问题让我忧心一整晚了,那个问题就是,就是我们应该跟她们透露多少?"泽拉比说,"是不是应该就把这事当成未解之谜,然后让她们自己得出结论? 还是有什么更好的方式?"

"这个嘛,该死的,这事的确是未解之谜,不是吗?"医生指出。

"最神秘难解的是,这到底是怎么发生的,"泽拉比承认,"至于发生了什么,我想已经没有任何值得怀疑的地方了。我估计你也已经接受这个事实了吧——除非你有意逃避,不愿承认。"

"那你先说说你的结论,"惠乐斯提议,"你的推断也许会和我的不一样。我真希望能有不一样的推断。"

泽拉比摇了摇头。

"结论就是——"他刚刚开口,就突然住了嘴,盯着女儿的照片。

"上帝!"他大叫一声,"这么说费蕾琳也……"

他慢慢地转过头来,看向医生,"我想答案就是,我们确实不知道是怎么发生的?"

惠乐斯犹豫了一会儿。

"我拿不准。"他说。

泽拉比把落在额头上的白发向后拨了拨,深深地靠进椅子里。他沉默不语地盯着地毯上的花纹看了整整一分钟。然后,他把自己从沉思中唤醒,以一种刻意的疏离语气说:

"我想,一共有三种——不,也许是四种——可能性。假如有证据支持某种普通人一下就能想出的解释，我想你肯定已经提出来了吧？而且，还有其他一些论据不支持那类解释，这个我马上就会说到。"

"不错。"医生表示赞同。

泽拉比点点头，"那么，有些因素可能诱发单性生殖，至少在某些低等动物中有这种情况，对不对？"

"但是，就目前所知，高等生物没有这种情况——哺乳动物里肯定没有。"

"是的。那么，还有一种可能就是人工授精。"

"确实有这种可能。"医生承认道。

"但你觉得不是人工授精？"

"我觉得不是。"

"我也觉得不是。于是，"泽拉比有些阴沉地继续说道，"就只剩下胚胎植入这种可能性了。而这就有可能导致某位科学家——我想是赫胥黎——所说的'异种生殖'，也就是可能生出和母体完全不一样的后代，或者，也许我们应该说是生出和'宿主'完全不一样的后代？母体并不是胚胎真正的母亲。"

惠乐斯医生皱了皱眉头。

"我一直希望她们遭遇的不是这种情况。"他说。

泽拉比摇了摇头。

"我亲爱的朋友，这种希望你还是放弃为好。也许她们不会立刻想到,但这种解释——我希望'解释'这个词不会显得太过板上钉钉——是聪明人稍微花一点时间就能得出的结论。因为,你瞧,我们都同意'单性生殖'可以不予考虑,对不对? 从来没有任何可靠的文献记录过那种案例,对不对?"

医生点点头。

"那么,她们很快就会和我一样清楚,你现在应该也已经明白这点了:仅从纯粹的数学概率出发,就可以排除强暴和人工授精的可能性。而且,顺便说一句,这一结论似乎也同样适用于单性生殖,假设单性生殖真的可能的话。根据平均数法则,对于任何随机选取、样本够大的妇女群体,在任一时间点上处于孕期同一阶段的妇女人数比值都不可能超过总人数的四分之一。"

"这个——"医生怀疑地开口打算说点什么。

"行,让我们做点让步,认为这个比值是,比如说,三分之一 ——这已经很高了。但即使如此,如果你对怀孕人数的估计是正确的,或者说只要错得不太离谱,那么目前的情况从统计上仍然是相当不可能的。因此,不管我们喜不喜欢这个结论,我们只能被导向第四个,也是最后一种可能性——'昏迷日'一定发生了受精卵的植入事件。"

惠乐斯看上去非常不悦,而且似乎仍未被彻底说服。

"你说这是最后一种可能性,我想提出质疑——可能还有我们没有想到的其他可能性。"

泽拉比语气稍有些不耐烦地说：

"你能提出任何能突破我之前说的数学障碍的受孕形式吗？——不能？很好。那么这就说明这不可能是受孕：因此这只能是孵化。"

医生叹了口气。

"好吧。我同意你的说法。"他说，"就我个人而言，我只是顺带关心一下这事究竟是怎么发生的：我担心的主要是我病人的身心健康，还有那些即将成为病人的妇女的身心健康……"

"你还是会关心事情的起因的。"泽拉比打断了医生的话，"因为，既然她们现在都处于孕期的同一阶段，就说明——如果不出什么意外的话——之后她们都会集中在一段很短的时间里分娩。大约在六月底，或者在七月的第一周——当然，这要假设其他情况都正常。"

"目前，"惠乐斯坚定地继续说道，"我主要考虑的是如何降低她们的焦虑，而不是增加她们的焦虑。因此，我们必须尽量阻止胚胎植入这种说法的传播，能阻止多久就阻止多久。这种想法会引起恐慌。为了她们的利益，如果有人在你面前提这类想法，我请求你用令人信服的方式表示那是无稽之谈。"

"是的。"经过一番思考，泽拉比同意了医生的提议，"是的，我同意。在这种情况下，我认为我们确实有必要进行一些温和的审查。"他皱了皱眉，"很难知道女人是怎么看待这些事情的：我只能说,如果上帝召唤我孕育新的生命,哪怕是在最顺利、最正常的情况下,我也会对未来相当惊恐不安。如果有任何原因让我怀疑我要分娩的生命可能是意料之外的形态,我很可能会陷入极度狂乱。当然大部分女人不会那样,因为她们精神上比我们坚强,但有些女人也许会,所以最好还是以令人信服的方式否定这种可能性。"

他顿了顿,考虑了一会儿。

"现在我们得给我太太制订个工作计划。要顾及的方面很多。其中最难办的问题之一是如何宣传——或者准确地说,是如何阻止宣传。"

"上帝啊,你说得没错。"惠乐斯说,"万一新闻界掌握了这个情况——"

"我知道。要是被他们知道了,我们就只能求上帝保佑了。天天见报,各种越吹越玄的猜测,足足能说上六个月。他们绝对不会放过'异种生殖'这个角度,很可能还要办一场预测大赛。那么,好吧。到目前为止,军情部门还没让这事见报;让我们看看接下来他们准备怎么办。"

"现在,让我们大致计划一下她该怎么展开工作——"

第九章
秘而不宣

　　一场激烈的动员活动展开，鼓励人们去参加一次"对米德维奇的每一位妇女都至关重要的特别紧急会议"，尽管这种描述并没有对会议内容给出多少提示。戈登·泽拉比亲自登门，洋洋洒洒地大谈一番，事实上却没有透露任何信息，只是成功地传达了一种十分戏剧化的紧迫感。他还回避一切企图探他口风的问题，这反而更让人好奇了。

　　人们很快便确信，这次会议既不是新一轮的民防动员会，也不是其他烦人的常规活动。他们对会议内容产生了极强的好奇，琢磨究竟是什么事情能把医生、牧师，以及两人的太太，还有地区护士和泽拉比夫妇全部动员起来，不辞辛劳地四处奔走，确保通知到每位村民并亲自邀请他们务必参加。这些人上门时说的话避重就轻，不断强调会议不收钱，不募捐，还为所有人提供免费茶点。这成功地令天性最多疑的人也被好奇心打败,所以会议现场几乎座无虚席。

两位主持人坐在台上。安吉拉·泽拉比坐在两人之间,脸色看上去有些苍白。医生神色紧张地拼命吸烟。牧师似乎迷失在自己抽象的思绪中,但仍时不时强行唤醒自己,对旁边的泽拉比夫人说上一两句话,而后者回答时也是一副心不在焉的样子。他们将会议推迟了十分钟,等迟到的人就位。然后医生命人关好门,以一通情况简报作为开场白,但这番话仍然一味强调会议的重要性,却不提供任何具体信息。接下来,牧师发言支持医生的说辞。他最后这样说道:

"我恳请在场的每个人非常认真地听取泽拉比夫人的发言。她愿意向你们解释这件事,我们实在感激不尽。我想事先提醒你们,她接下来说的每句话,都已经得到我和惠乐斯先生的认可。也就是说,我可以向你们保证,我们之所以把发言的沉重任务托付给她,只是因为我们相信,由一位女性把此事告诉其他女性会更合适,也更容易接受。

"现在我和惠乐斯先生将离开会场,但我们就在外面。等泽拉比夫人说完,如果你们需要的话,我们会再次上台,尽我们所能回答所有问题。那么,现在我请求你们以最专注的状态仔细听泽拉比夫人的发言。"

他挥手请医生先走,自己跟在后面。两人一起从讲台侧面的一扇门出去了。门在他们身后合上了,但没有完全关紧。

安吉拉·泽拉比拿起面前桌上的水杯喝了一口,又盯着自己摆在讲稿上的双手看了一阵。然后,她抬起头望着台下,等人们安静下来。嗡嗡的议论声彻底停止后,她认真地扫视一番台下的听众,似乎把每张脸都确认了一遍。

"首先,"她说,"我必须提醒大家。我接下来要说的内容对我来说很难说出口,对你们来说也很难相信,且目前对我们所有人来说都很难理解。"她停顿片刻,垂下目光,然后再次抬起头来。

"我怀上了一个孩子。"她说,"我非常非常开心,也为这事高兴。女人想要孩子非常自然,发现自己怀孕觉得高兴也很自然。对孩子的到来觉得害怕是不自然的,也是不好的。婴儿应该带给母亲欢愉和乐趣。不幸的是,目前米德维奇的一些妇女没能产生这种感受。有些人感到痛苦、羞愧和恐惧。我们召集这次会议,正是为了她们的利益。我们希望帮助不快乐的妇女,帮助她们相信以上这些负面情绪都是不必要的。"

她镇定地又扫视了一遍听众席。一些地方传来吸气声。

"村子里发生了一件非常非常奇怪的事情。此事不是只影响一两个人,而是几乎影响了我们所有人——米德维奇的几乎每一个有生育能力的妇女。"

台下鸦雀无声,每一双眼睛都注视着她,所有听众都纹丝不动地坐着,听她继续说明情况。然而,在发言即将结束时,她注意到会场右侧有些骚动和嘘声。她向那边瞥了一眼,发现骚动的中心是拉特利小姐和她形影不离的同伴兰姆小姐。

安吉拉停下嘴里说到一半的句子，等待着。她只能听见拉特利小姐愤怒的语调，听不清她在说什么。

"拉特利小姐，"她口齿清楚地说，"你认为这次会议的议题和你没有关系？我这样想对吗？"

拉特利小姐站了起来，她的声音因愤怒而颤抖。

"你想得非常正确，泽拉比夫人。我这辈子从来没有……"

"那么，因为此事对这里的许多人至关重要，我希望你能控制一下自己，不要再打断我的话——或者，也许你更愿意从这里出去？"

拉特利小姐坚定地站着，迎向泽拉比夫人的目光。

"这简直——"她开口打算说些什么，却又改变了主意，"好吧，泽拉比夫人，"她说，"你对我们的社区做出如此离谱的毁谤，我非常不满，但是我决定改日再表达我的抗议。"

她庄重地转身准备离场，又停了下来，显然是在等兰姆小姐起身跟她一起出去。

但兰姆小姐没有动。拉特利小姐低头看着她，同时不耐烦地皱着眉头。兰姆小姐仍然稳坐不动。

拉特利小姐张开嘴，打算说些什么，但兰姆小姐的表情里有某种东西阻止了她。兰姆小姐避开她的目光，不再与她对视，只是直勾勾地盯着前面，脸上的玫瑰色红晕越来越浓，直到整张脸都涨得通红。

拉特利小姐情不自禁地发出一声奇怪而微弱的叫声。她伸手抓住一把椅子,好让自己站稳。她一言不发,低头盯着自己的同伴。几秒钟后,她突然变得非常憔悴,仿佛一下子老了十岁。她的手从椅背上滑了下来。她费了很大的努力才让自己平静下来。她断然抬起头,环顾四周,眼神却一片空虚,仿佛什么都看不见。然后,她独自沿着过道走向会堂后方,腰板挺得笔直,脚步却显得不那么坚定。

安吉拉等待了一会儿。她以为大家会议论一阵,但没有人出声。台下的听众看上去既震惊又困惑。所有脸孔都重新转向她,期待她继续说下去。在一片静默中,她拾起刚才的话头,尽量用不带感情的客观语气,以消解拉特利小姐留下的紧张气氛。她咬牙坚持,就事论事地念完了初步陈词,然后停了下来。

这次,嗡嗡的议论声如她预期的那样迅速响起。安吉拉又拿起杯子喝了一口水,然后一边用两只汗湿的手心搓着揉成一团的手帕,一边仔细观察台下的听众。

她看见兰姆小姐身体前倾,把手帕按在眼睛上。好心肠的布兰特太太正在旁边努力安慰她。以眼泪宣泄情绪的绝不止兰姆小姐一人。在那些低着头的人群中,无法置信、因惊愕和愤怒而抬高的人声变得越来越响。零星有那么一两位妇女表现得稍有些歇斯底里,但并未出现她担心的那种情绪失控。她们之前应该已经模糊地猜到了,她琢磨这在多大程度上缓冲了心理上的冲击。

她松了一口气,又观察了几分钟,信心越来越强。等她判断刚才那段时间已经足够大家消化第一波冲击时,她便敲了敲桌子。嗡嗡的议论声停止了,有那么几声抽鼻子的声音,然后一排排满怀期待的脸再次转向她,等她继续说下去。安吉拉深吸一口气,又开了口。

"除了孩童,"她说,"或者思想如孩童般幼稚的人,我们谁也不会指望生活是公平的。生活并不公平,这件事对我们中的一些人来说会比其他人更难。但是,不管生活公不公平,不管我们喜不喜欢,我们所有人——不管已婚还是未婚——现在都是同一条船上的人了。我们没有理由鄙视我们中的一些人,也绝不应该那样做。我们所有人现在都处在一种非常规的情况中,如果哪位已婚女性认为自己比未婚的邻居更有道德,那么我希望她考虑一下,如果有人提出质疑,她是否能够证明自己现在怀的确实是丈夫的孩子。

"此事涉及我们所有人。为了大家的利益,我们必须团结在一起。我们中没有任何一个人应该受到谴责,所以在我们之中不能搞区别对待,唯一的区别在于——"她停顿了一下,然后把最后一个词重复了一遍,"在于那些没有丈夫来爱她们、帮助她们的姐妹更需要我们的同情和关怀。"

她又展开阐述了一会儿,希望大家都听进去了。然后她转向另一个方面。

"这是我们的事,"她强有力地告诉台下的听众,"对我们中的每个人而言,世界上再不可能有比这更私密的事。我确信我们应该继续对此事保密,我想你们也会同意我的看法。这事应该由我们私下处理,而不应该有任何外界的干预。

"你们肯定都知道,廉价的小报不会放过任何与生育有关的新闻,尤其是不寻常的事件。他们窥视别人的生活,仿佛当事人是游乐场里的小丑。一旦被他们抓住,孩子父母的生活、住处和孩子本身都将不再归他们个人所有。

"我们都读过那则多胞胎的新闻。报纸报道以后,由政府支持的医护人员很快介入,导致孩子出生不久后就从自己的父母身边被夺走。

"反正,至少我个人不愿意以那种方式失去我的孩子,我相信并希望你们的想法都和我一致。因此,除非我们希望经历大量的不愉快,而这些不愉快还只是第一步——因为我必须提醒大家,一旦此事公之于众,就会成为每一间俱乐部、每一家酒馆的谈资,激起许多含沙射影的下流议论——除非我们希望陷入这种情况,并且想冒我们的孩子被某些医生或科学家以这样那样的借口从我们身边夺走的风险。否则我们,我们中的每个人,就必须下定决心对目前的情况守口如瓶,在村子以外的地方不仅不能提此事,连暗示行为都不能有。我们有能力让此事局限在米德维奇以内,由我们自己处理,具体怎么处理不应该由某份报纸或某个政府部门决定,而应该由米德维奇的村民自行决定。

　　"如果特雷恩的人或别的地方的人来探头探脑，或者陌生人跑到这里来问东问西，我们必须对他们守口如瓶，这是为了保护我们的孩子，也是为了保护我们自己。但我们不能仅仅沉默和保密，那会显得我们在隐瞒什么。我们必须让米德维奇看起来一切如常。只要我们通力合作，并且让村里的男人理解他们也必须配合，就不会激起外界的任何好奇，外面的人就会放过我们——他们本来就不该插手。这事与他们无关，这完全是我们自己的事。没有人，没有任何人比我们更有权利、更有义务来保护我们的孩子免受剥削，因为我们是孩子的母亲。"

　　她沉稳地扫视台下的听众，几乎是逐个仔细打量过去的，就像她开始发言前所做的那样。然后，她发表了结语：

　　"现在，我去请牧师和惠乐斯医生回来。请允许我稍微走开一小会儿，我很快就领他们一起进来。我知道你们一定有很多问题要问。"

　　她悄悄地下了台，走进侧面的小房间里。

　　"非常出色，泽拉比夫人。你讲得非常出色。"李博迪先生说。

　　惠乐斯医生抓住她的手，用力握了握。

　　"我觉得你办到了，亲爱的。"他对她说完这句话就跟在牧师身后上台去了。

　　泽拉比把她领到一张椅子前面。她坐了下来，靠在椅背上，双眼紧闭，脸色非常苍白，看上去筋疲力尽。

"我觉得你最好是回家去。"他对她说。

她摇摇头。

"不,我休息几分钟就好。我还得再回台上去。"

"交给他们两个就行了。你已经完成了你的任务,而且完成得非常出色。"

她又摇了摇头。

"我知道那些女人现在心里是什么感觉。现在绝对是最关键的时刻,戈登。我们必须让她们提问,让她们说话——想说多久就说多久。这样等她们起身回家的时候,就熬过了第一波冲击。得让她们习惯这个想法。她们需要的是一种大家互相支持的感觉。我很明白——因为我也需要这种感觉。"

她抬起一只手来,把落在额头上的头发向后拨去。

"你知道吧,我说了假话,戈登,我刚才说了假话。"

"哪一部分是假话,亲爱的? 你刚才说了好多话呢,你知道的。"

"我说我很高兴、很快乐,那不是真话。两天前我真的真的那样觉得。我想要那个孩子,你和我的孩子,非常非常想要。可现在我害怕那个孩子——我害怕极了,戈登。"

他用手臂把她的肩膀搂得更紧些。她把头靠在他身上,叹了口气。

"亲爱的,亲爱的。"他边说边轻柔地抚着她的头发,"不会有事的。我们会好好照顾你的。"

"不知道那是什么，"她大声说道，"只知道那个东西在长大，却不确定它从哪来，也不确定它是……这太羞辱了，戈登。这让我觉得自己是只野兽。"

他温柔地吻了一下她的面颊，又继续轻抚她的头发。

"你不用担心。"他对她说，"我敢打赌，等他或者她出生的时候，你只消瞧上一眼，就会说'啊，天哪，这个小鼻子一看就是泽拉比家的鼻子'。就算不是这样，我们也会一起面对。你不是一个人，亲爱的，你永远不要觉得你是孤身一人面对这一切。我在这儿，惠乐斯医生也在这儿。我们会在你身边帮助你，永远都在，随时都在。"

她转过头来吻了他。

"戈登，亲爱的。"她说。然后她拉开和他的距离，坐直了身体。"我必须回台上去。"她宣布。

泽拉比盯着她的背影看了一会儿。然后他搬来一把椅子放在没关上的门口，点起一根烟，坐下来以认真研究的态度倾听人们的提问，因为这些问题里透露着米德维奇村民们的情绪。

第十章
米德维奇接受现实

一月份的任务是缓冲冲击，引导反应，从而确立一种态度。头一次会议可以说是相当成功的。它打开了一扇窗，让新鲜空气进来，也让大量焦虑得以释放。听众尚未完全脱离震惊不已、动弹不得的状态时就受到干预，所以大多接受了关于社区团结和责任的提议。

可以预料的是，总有少数几个人不吃这一套，但他们并不比其他人更愿意让自己的隐私暴露和受侵犯，也并不比其他人更希望自家门口停满观光巴士，窗外挤满睁大眼睛往里瞧的观光客。此外，这两三位渴望成为聚光灯焦点的人不难发现，整个村子里弥漫着同仇敌忾的情绪，随时准备通过抵制迫使不合作者就范。也许威尔弗雷德·威廉姆斯先生曾发过几次不切实际的白日梦，幻想"镰与石"酒馆访客大增，但事实证明他仍然坚定地支持了集体的决定——而且非常懂得为长期利益而牺牲。

第一波冲击带来的困惑被有能人掌舵的安全感取代,未婚的年轻姑娘们心中的摆锤从惊恐绝望晃到了得意自满那一端,并且不再继续摇摆。村里开始出现一种一切准备就绪的气氛,与每年开露天游乐会或花展前的气氛并无太大区别。于是,这个自我任命的委员会觉得,他们至少已经让事情走上了正轨。

委员会的成员一开始只包括惠乐斯夫妇、李博迪夫妇、泽拉比夫妇和丹尼尔斯护士,后来又增补了我们一家和阿瑟·克里姆先生。克里姆先生入选是为了代表几位在格兰奇研究所工作的研究人员,因为她们义愤填膺地发现自己身不由己地卷入了米德维奇村的私事。

村公所会议结束大约五天后,委员会召开了内部会议。尽管我们可以公允地将这次会议的气氛总结为"到目前为止,一切还不坏",但委员会成员心里都很清楚,目前取得的成就不是一劳永逸的那种。他们认为,若不细心照顾这种靠精心引导得来的态度,村民的心态很容易重新滑入传统的偏见。目前的气氛必须勤加维护和巩固,至少在一段时间内必须这样。

"我们需要创造的是,"安吉拉总结道,"某种在苦难中有人陪伴的气氛,但又不能暗示现在的情况是一种苦难——因为,就我们所知它确实不是一种苦难。"

她的观点获得了委员会的一致支持——除了面露疑虑的李博

迪太太。

"但是，"她犹豫地说，"我认为我们也应该诚实，你们懂的。"

我们都以疑问的神情看着她。她继续说道：

"嗯，我的意思是，这确实是一种苦难不是吗？毕竟，这样的事情不会毫无缘由地发生在我们身上，对不对？一定有一个原因，我们难道没有责任找到这个原因吗？"

安吉拉望着她，不解地微微皱着眉头。

"我想我不太明白你的意思……"她说。

"嗯，"李博迪太太解释道，"如果一件事——像这样一件不寻常的事——突然发生在一个社区里，总是有原因的。我的意思是，看看埃及十灾，索多玛和蛾摩拉①那一类的事情。"

一阵沉默。泽拉比感到自己必须设法化解尴尬的气氛。

"在我看来，"他说，"埃及的瘟疫是上帝针对我们的一次不体面的霸凌行为；这种手段现在被称为权力政治。至于索多玛——"他话没说完就突然住了口，因为他发现妻子正不赞成地看着他。

"呃——"牧师开了口，因为他觉得大家似乎正等着他说点什么，"呃——"

安吉拉决定出手相救。

"我认为你真的不需要担心这一点，李博迪太太。当然，不孕确实是一种经典的诅咒形式，但我实在想不起有哪次报应的形式是让

—————————

① Sodom and Gomorrah，《旧约》所载的两座罪恶之城，被上帝耶和华毁灭。

人怀上生命的果实。毕竟,以这种方式惩戒似乎一点也不合理,你说对不对?"

"那要看是什么果实。"李博迪太太阴郁地说。

又是一阵尴尬的沉默。除了李博迪先生,所有人都望着李博迪太太。惠乐斯医生朝旁边瞥了一眼,正好遇上丹尼尔斯护士的目光。他又把视线移回朵拉·李博迪身上,后者虽然成了注意力的焦点,却没有表现出丝毫不适。她以带着歉意的目光扫视我们所有人。

"我很抱歉,但恐怕一切都是我造成的。"她吐露了自己的秘密。

"李博迪太太——"医生开口打算说些什么。

她抬起手,仿佛在责备医生打断她。

"你心肠真好,"她说,"我知道你想放过我。可忏悔时刻总要来的。我是一个罪人,你瞧。要是我十二年前把孩子生下来,这一切都不会发生。现在我得生下一个跟我丈夫没关系的孩子,为我犯的罪付出代价。前因后果都很清楚。给你们其他人带来这种灾祸我非常抱歉。但你瞧,这是审判。就像埃及十灾……"

牧师满脸通红、为难不已地打断了她:"我认为——呃——能不能请你们原谅——"

大家纷纷推开椅子的声音响起。丹尼尔斯护士静静地穿过房间,走到李博迪太太身边,对她说起话来。惠乐斯医生看了她们两人一会儿,才意识到李博迪先生正在他身旁,沉默不语地等着他搭话。他把一只手放在牧师的肩膀上，试图安慰他。

"这对她是个很大的打击。这一点也不意外。在这之前我就完全准备好面对这样的情况了。我会让丹尼尔斯护士送她回家，给她一支镇静剂。好好睡上一觉很可能就没事了。明天早晨我再去你家查看她的情况。"

几分钟后，我们在一种垂头丧气、各怀心事的气氛中散了会。

安吉拉·泽拉比倡导的政策取得了相当大的成功。一月下旬，我们推出了一套方案，大搞社会活动和邻里互助。我们觉得在这种方式下，只有最顽固的不合作者才会有时间独自思考自己的处境。

二月下旬，我找了个机会向伯纳德汇报，称事情总体上进展得相当顺利——至少我们事先根本不敢指望会这么顺利。当地人的信心有过几次滑坡，这种情况未来无疑还会再发生，但是到目前为止，人们恢复得很快。我向他详细汇报了自上次报告以后村里发生了哪些事，他还想知道格兰奇研究所里的人主要持什么样的态度和观点，这我却没法告诉他。要么是那里的研究人员认为此事属于保密范围，要么是他们认为假装此事保密比较安全。

克里姆先生仍是他们和村里的唯一联系。我觉得，若想从他那里得到更多信息，要么得允许我向他透露我对此事的兴趣是官方授意的，要么得让伯纳德亲自出面和他交涉。伯纳德选了后一种，因此我安排克里姆先生下次前往伦敦时与他会面。

他从伦敦回来时顺路拜访了我们,觉得这下可以自由地向我们倾诉他的一些烦恼了。他的这些烦恼似乎主要与编制部门有关。

"他们极其追求整洁有序,"他抱怨道,"但我实在不明白,我手下的那六个麻烦迟早要因为津贴和缺勤问题把他们干净漂亮的轮班表搞得一团糟,到时候我们又该怎么办?而且,到时候我们的工作计划也会受影响。我告诉韦斯科特上尉,要是他的部门真打算对此事严格保密,那就只有让官方高层正式插手才办得到。不然的话,要不了多久我们就不得不给出解释。我认为他明白我的意思。但是,我实在搞不明白军情部门为什么对这件事如此感兴趣,你知道是为什么吗?"

"那可太遗憾了。"珍妮特对他说,"听说你要去见他,我们还指望你能多打听点消息来解开我们的疑惑呢。"

米德维奇的生活似乎相当平静,但不久之后,就有一股暗涌浮出水面,激起不安的浪花。

令上次委员会会议提前结束后,李博迪太太没有继续为促进村庄和谐发挥积极作用,这一点我们并非完全没有预料到。她休息了几天,再次露面时似乎已经恢复平静,并决定把目前的不幸状况列为禁忌话题。

然而,三月初的一天,特雷恩圣玛丽教堂的牧师却在妻子的陪同下开车把李博迪太太送回了家。他稍显尴尬地告诉李博迪先生,他们发现她在特雷恩的市场里站在一个倒扣的箱子上布道。

"呃——布道?"李博迪先生说,担忧的语气中混着刚刚产生的不安,"我——呃——你能告诉我她讲了些什么内容吗?"

"嗯,内容嘛——内容恐怕相当捕风捉影。"圣玛丽教堂的牧师闪烁其词地说。

"但我想我有必要知道。等医生来了一定会问这个的。"

"嗯,那个,主要是呼吁大家悔罪;基于一种——呃,复兴主义的末日审判。她说特雷恩的居民必须忏悔并祈祷宽恕,不然就要面对上帝的愤怒、惩罚和地狱之火。恐怕是相当异端的说辞,也很耸人听闻,你懂的。而且,她似乎提到特雷恩的人尤其必须避免与米德维奇的人有任何接触,因为米德维奇人已经遭受了神的厌弃并被降下苦难。如果特雷恩人不接受警告,悔过自新,那么这些责罚也将不可避免地降到他们头上。"

"哦,"李博迪先生尽量不动声色地说,"她没有说我们受到的责罚是什么形式的?"

"是一场天罚,"圣玛丽教堂的牧师对他说道,"具体来说,是一场——呃——婴儿的瘟疫。这话当然引起了一些下流的玩笑。整件事情都令人感到悲痛。当然,后来我太太提醒我注意李博迪太太的——呃,状况,我就多少理解了,但同时也更加痛心了。我——哦,惠乐斯医生到了。"他为自己不用再说下去而松了一口气。

一周后，李博迪太太于午后走到战争纪念碑下，站上最低的那级台阶，开始演讲。她特意穿了一件粗麻布的衣裳，赤着脚，额头上抹了黑灰。幸运的是，当时周围没有多少人，而且她没说几句就像上次一样被制止了，布兰特太太把她劝回了家。一小时之内，此事已经在村里传得人尽皆知，但她演讲的内容，不管是什么，却并没有传出去。

米德维奇很快就听到了下一条新闻：惠乐斯医生建议李博迪太太去疗养院休养。大家以同情而非惊诧的态度接受了这条新闻。

大约三月中旬，艾伦和费蕾琳婚后第一次回来探亲。因为费蕾琳决定在一个熟人都没有的苏格兰小镇上一直住到艾伦退伍，所以安吉拉一直反对在写给她的信里解释米德维奇的事情，免得造成她不必要的担心。可是，现在不得不对他们解释本地的情况了。

在安吉拉解释的时候，艾伦的表情越来越担忧。费蕾琳静静地听着，一次也没有打断，只是时不时瞥一眼艾伦的脸。她说完以后是一阵沉默。打破沉默的人是费蕾琳。

"你知道，"她说，"我一直隐约觉得有什么事情不太对劲。我的意思是，不应该——"她停了下来，似乎是被某种岔进来的思绪打断。"啊，多可怕啊！我差不多算逼迫可怜的艾伦成了婚。我俩的婚姻几乎算是被强迫的，受到了不当的影响，或者其他什么可怕的说法。这能构成离婚的理由了吧？哦，亲爱的。你要跟我离婚吗，亲爱的?"

泽拉比看着女儿,眼角微微皱起。

艾伦握住她的手。

"我觉得我们应该再观察下情况,你不这么觉得吗?"他对她说。

"亲爱的。"费蕾琳边说边用手指紧紧缠住艾伦的手指。她注视了他好一阵子,才扭过头去,瞧见父亲脸上的表情。但她故意神色平静地不去回应父亲。她又转向安吉拉,进一步详细询问村里人的反应。半个钟头后,她们走出房间,把两个男人单独留在那里。艾伦几乎不等门锁上就脱口而出。

"我说,先生,这真是个晴天霹雳,不是吗?"

"恐怕是的,"泽拉比表示同意,"我能说的最好的安慰话就是:我们发现人受到冲击后会渐渐习惯和接受。最痛苦的部分是一开始我们的成见受到的那记重击——当然,我这是站在我们男人的角度上说。至于女人,很不幸,这只是她们需要渡过的第一关。"

艾伦摇摇头。

"恐怕这对费蕾琳会是一个可怕的打击。想必对安吉拉也一样。"他略显匆忙地补充道,"当然,不能指望她,我指费蕾琳,一下就接受随之而来的一切。这种事情得花时间才能消化——"

"我亲爱的朋友,"泽拉比说,"作为费蕾琳的丈夫,你自然有权对她持任何看法,但为了你自己的安宁,你唯一不该做的就是低估她。我可以向你保证,费蕾琳早就比你多想了许多步。我怀疑她从头到尾心里都一清二楚。要不是比你多想了许多步,她不会故意把话说得这么轻巧,因为她知道她要是表现出担心,只会引起你对她的担心。"

"哦,你这么认为?"艾伦有些干巴巴地说。

"对,我这么认为。"泽拉比说,"而且,我认为她这样做很明智。一个帮不上忙、只会瞎担心的男人很讨人厌。男人能做的最好的事情就是藏起自己的担忧,坚定地站在一边,化身为一根强有力的支柱,同时提供一些实际的、组织性质的服务。我给你的这条建议可是大量经验孕育出的果实。

"另一件男人能做的事,就是负责代表现代知识和常识——但必须很有技巧地这样做。你绝不可能知道这事最近在村里激起了多少胡言乱语,什么古老的箴言、重要的预兆、老妇的谚语和吉卜赛人的警告。我们这儿已经成了民俗学家的宝库。你知道吗,在我们现在这种情况下,星期五穿过教堂门口的停柩门有多危险?穿绿色衣服几乎等于自杀?连吃香饼都是非常不明智的行为?你有没有听说过,如果一把刀或者一根针落地时尖的那头着地立住了,就预示着要生男孩?没听说过?我猜你也没听说过。但是不要紧,我正在把这些人类智慧的菜花扎成花束,希望能让我的出版商闭嘴。"

艾伦以迟到的礼貌询问对方的工作进展。泽拉比悲伤地叹了口气。

"我本来应该在下个月底之前交出《英国的黄昏》最终稿。但到目前为止，我才写了三章所谓的'当代研究'。要是我能记得这三章写了什么，毫无疑问我会发现那些内容现在已经太过时，必须重写。要是一个人头上悬着一群快要出生的婴儿，他怎么可能集中精神工作呢？"

"最让我吃惊的是你们居然没让这事传出去。如果事先让我猜，我会说你们绝对瞒不住的。"艾伦对他说。

"我说过跟你一样的话。"泽拉比承认道，"而且我至今依然觉得惊讶。我想这一定是《皇帝的新衣》故事的一种变体——要么就是戈培尔效应①的反面——因为真相太大、太沉重，所以反而没有人信。但是，请注意，奥普雷和斯托奇都有人注意到了一些端倪，正在说关于我们中的一些人的不友好的闲话，但他们似乎并不知道这件事的实际规模有多大。我听说那两个地方都流传着一种理论，认为我们全村人在万圣节的时候参加了某种古老的、无拘无束的美好乡村狂欢。反正，我们经过时有几位居民几乎毫不掩饰地扭头不理我们，我必须说，面对这些挑衅，我们的村民表现出了值得赞美的克制精神。"

"你的意思是说，就在两三公里之外的地方，人们竟然完全不知道这里究竟发生了什么？"艾伦难以置信地问。

"我没那么说。他们不是不知道，而是不想相信。我认为他们

---

① 戈培尔效应：纳粹的一种宣传手段。指以间接的暗示方式向人们发出信息，人们会无意识地接受这种信息，做出一定的心理或行为反应。——译者注

肯定相当充分地听说了这里的情况，但他们选择相信那些都是假的，而编这些假话是为了掩盖某种更正常、但更不道德的事件。惠乐斯医生说得对，普通人有这么一种自我保护的反射机制，以免自己被令人不安的信念影响——但是这一切的前提是报纸不能白纸黑字地印出这条新闻。只要报纸上提哪怕一个字，八九成的人当然就会立刻改变看法，投向另一个极端，什么事都肯信。另外两个村什么都不信的态度实在是帮了我们大忙。因为这意味着报纸很难找到什么能挖下去的线索，除非是我们村里的某个人直接向他们提供线索。

"我们宣布后的头一两周是我们内部压力最大的时刻。有几位丈夫难办得很。但后来我们说服他们相信，这不是什么精心设计的粉饰或恶作剧，同时当他们发现其他人也没有立场取笑他们，就变得更理智而不那么传统了。

"几天后，拉特利小姐从震惊中缓过神来，她和兰姆小姐之间的裂痕就修复了，现在兰姆小姐正受到她的精心呵护，那种一心一意的热心照顾甚至快到了专制的程度。

"那段时间中的头号反叛者是蒂莉……啊，你一定见过蒂莉·福尔莎姆——马裤、高领服、骑术夹克，三只金毛猎犬总像命运的奇想般把她拽到东、拽到西……她愤怒地抗议了一阵子，说要是她碰巧喜欢婴儿的话倒也不会太介意，但因为她觉得小狗比婴儿可爱得多，所以这件事对她而言尤为难以接受。但她现在似乎也屈服了，尽管相当不情愿。"

泽拉比又滔滔不绝地讲了一些关于这次危机的其他轶闻，最后一则是奥格尔小姐差点买下特雷恩最高级的婴儿车，而且差点实名支付了头期货款。

谈话中断了一会儿，然后艾伦提示泽拉比接上前面的话头：

"你说大概有十个本来可能卷进此事的人事实上没有中招？"

"是的。其中五个人在奥普雷路上的那辆巴士上，所以'昏迷日'那天她们在医院里接受观察——这至少帮助我们排除了吸入致孕气体的可能性，有些人似乎主张那是我们这个时代的新型恐怖科技之一。"泽拉比对他说。

第十一章
干得漂亮，米德维奇

"我深感抱歉。"五月初,伯纳德·韦斯科特在给我的信中写道,"贵村在行动中迄今为止取得的巨大成功本应当之无愧地受到官方的嘉奖,但目前的情况不允许我们这样做。你们在行动中展现了高度的谨慎和社区成员之间的忠诚。坦率地说,这出乎我们的意料,令我们深受震撼。我们这里的大多数人本以为情况早就会变得令我们不得不采取官方行动。但现在距离分娩的日期只有大约七个星期了,我们真诚希望此次危机在不需要官方介入的情况下顺利渡过。

"目前,最令我们担心的是弗雷泽小姐的情况。她是克里姆先生手下的工作人员,因此,可以说这不是贵村的错——甚至也不是这位女士自己的错。

"她的父亲是一位退休的海军指挥官,蛮不讲理,热爱争吵,一

107

心要找麻烦。他打算在议会中提出关于政府机构中生活放荡、聚众淫乱的种种问题。此人似乎急于让女儿的私事成为报纸上人人议论的热点。好在我们及时请出很有影响力的合适人选，给了他几句有效的规劝。

"你怎么看呢？你认为米德维奇能坚持到最后吗？"

这不是一个容易回答的问题。如果不出什么大乱子，我认为我们有希望坚持到底；但是，我们同样不应该安心地忽略潜藏在角落里可能的意外情况，它们如小巧的雷管，随时可能引起巨大的爆炸。

但是，我们毕竟经历过高峰和低谷，并且成功地渡过了那些难关。有时，危机似乎凭空产生，像病毒一般迅速蔓延。最糟糕的一次，当时看起来已经要引起众人的恐慌，是惠乐斯医生迅速安排了X光检查，告诉大家一切看起来都相当正常，才让事情平息下来。

五月份，村里总体的气氛可以被概括为"坚定信心，勇敢面对"，还有零星几点渴望战斗赶紧打响的不耐烦情绪。惠乐斯医生原本积极倡导所有产妇都去特雷恩的医院里生孩子，现在却推翻了自己一贯的建议。一来，那会让所有试图保密的努力前功尽弃，尤其是万一生出来的婴儿有什么异常的话；二来，假如米德维奇的全体女性同时申请入院（单是这一情况本身就必然会引起媒体的关注），特雷恩根本没有足够的病床来应对。因此他不辞辛劳地努力工作，尽量在本地做好安排。丹尼尔斯护士也在不知疲倦地工作着，在"昏迷日"的关键时刻，她恰好出门在外，整个村庄都对这样的幸运分外感激。据了解,惠乐斯医生为六月的第一个星期预定了一名临时助手,之后则组织了一支助产士别动队来帮忙。村公所里的那间小小的会议厅被征用为物资储备基地,来自药剂生产商的几大批货物已经送达。

李博迪先生也在殚精竭虑地拼命工作。因为李博迪太太的缘故,人们对他非常同情,让他在村里受到了前所未有的尊敬。泽拉比太太坚定地守卫着她的统一战线,并在珍妮特的帮助下继续宣称,不管出现什么情况,米德维奇都将团结一致、毫不畏惧地迎接即将到来的一切。我认为,我们能够顺利走到今天,几乎没遇上什么心理问题(除了李博迪太太和其他一两起事件),主要是得益于她们的工作。

泽拉比先生也开展着他的工作,但正如人们预料的那样,他的分工没有那么明确。他说自己的工作任务之一是驳斥一切所谓“我亲眼所见或者在水晶球里看到”的现象。在既不激怒任何人,又让各类无稽之谈自动消散方面,他表现出了高超的技巧。有人认为,在其他方面有困难或有需求的时候,他也提供了相当大的帮助。

克里姆先生继续为编制部门的事情忧心忡忡。他越来越焦急地向伯纳德·韦斯科特求助,最后竟说:若想避免波及整个公务员系统的巨大丑闻,唯有把他负责的研究计划从行政项目转为受陆军部管控的军事项目,而且必须尽快行动。伯纳德似乎正在向这个目标努力,但他同时坚持整件事必须保密,能坚持多久就多久。

"从米德维奇的角度看，"克里姆先生耸了耸肩，说，"这当然是件好事。但是我还是一点也看不出军情部门到底为什么这么在乎这个……"

五月中旬，情况出现了明显的变化。此前，米德维奇的精神状态与周围欣欣向荣的季节变化并不相悖。而现在的情况若说"走调"也许有些夸大其词，但至少可以说"琴弦"似乎安静了下来。这首"乐曲"中出现了一种走神的氛围，一种陷入沉思的调子。

"现在，"有一天惠乐斯对泽拉比说，"到了我们该绷紧筋肉①的时候。"

"有些名言还是不知道上下文的好。"泽拉比说，"但我明白你的意思，无知老妇的胡言乱语对我们没有任何帮助。我们忙于各种事务，给了那些老妇议论的可乘之机。我真希望能阻止她们胡说八道。"

"可能的危险因素还有很多，她们只是其中之一。"

泽拉比脸色阴沉地思考了一会儿，然后说：

"嗯，我们只能继续努力。我想我们已经做得很好了，不然早就会有更多麻烦。"

"我根本没想过可以做得这么好——这几乎都是泽拉比太太的功劳。"医生对他说。

---

① 绷紧筋肉："绷紧筋肉，鼓起热血"是莎士比亚《亨利五世》中的句子，形容进入备战状态。——译者注

泽拉比犹豫了一会儿,然后下定了决心。

"我非常担心她,惠乐斯。我想知道你能不能——呃,跟她谈一谈?"

"谈一谈?"

"她比表面看起来的更担忧,不愿让我们看出来。几天前的一个晚上她流露出来些许担忧。没有什么特别的由头。我正好抬头看她,发现她正盯着我,好像很恨我。她并不恨我,你知道的……然后,我并没说话,她却突然像反驳我似的开了腔:'男人当然什么事都没有。他们不用经历这种事,而且很清楚自己永远不会经历这种事。男人怎么可能明白? 也许他们的本意像圣人一样善良,但他们永远是局外的看客。他们永远不会知道我们是什么感觉,哪怕是正常的妊娠也一样——所以对现在这种情况,他们能有什么想法呢? ——夜里躺在床上无法入睡,屈辱地知道自己只是被利用的工具,这种感觉他们怎么会懂? 仿佛我们根本不是人,只是一台机器,一台孵化器……然后我们还得继续想,一个小时又一个小时,一夜又一夜,想那是什么东西——我们被迫孵化的会是什么东西。你当然无法理解那是种什么感觉——你怎么可能理解! 那种感觉有辱人格,令人无法忍受。我快崩溃了。我知道我很快就要崩溃了。我没法再这样坚持多久了。'"

泽拉比停顿了一会儿,摇了摇头。

"我能做到的事情实在太少了。我没有试图让她停下。我想,让她发泄出来比较好。但是如果你能跟她谈谈,说服她,我会很高兴的。她知道各种检查和 X 光都显示胎儿发育正常——但她还是没法赶走那些念头,所以不管怎么说,你有必要以专业人士的身份劝劝她。至少我是这么认为的。"

"你说得没错——谢天谢地。"医生对他说,"要不是那些检查结果都正常,我真不知道该怎么办——我敢肯定情况会比现在麻烦得多。我能向你保证,知道结果正常时我比病人们更松了一口气。所以你不用担心,在这一点上我无论如何都会想办法让她放下心来的。她不是第一个有那种想法的人,肯定也不会是最后一个。只是,一旦我们解决了一个问题,她们一定又会找出其他问题,继续担心下去。

"从各方面看,这都将是一段非常非常危险的时期……"

一周后,事实证明惠乐斯的上述预言低估了情况的严重性。紧张的情绪会传染,而且很明显一天比一天高涨。又过了一个星期,米德维奇的团结战线已经令人悲伤地疲软了。由于自救开始变得不再足够,李博迪先生不得不越来越多地背负起整个社区的焦虑情绪。他不遗余力,每日专门安排布道时间,剩下的时间则从一个教友家跑到另一个教友家,尽他所能地鼓励大家。

泽拉比先生感到自己派不上什么用场。人们并不需要他提供什么理性规劝。他颇不寻常地保持了沉默,如果现在有人叫他干脆隐身,他也会欣然接受。

"你是否注意到,"一天傍晚,他造访克里姆先生的小屋时这样问道,"是否注意到她们盯着你看的眼神?让我觉得我们是靠对上帝阿谀谄媚才获赐了另一性别的同类,而她们并不情愿与我们为伍。那种眼神有时实在让人不安。格兰奇研究所里也是这样的吗?"

"也开始有这种气氛了。"克里姆先生承认道,"但一两天前我们开始放她们的假了。想回家的人已经回家了,剩下的住在医生安排的宿舍里。因为她们走了,我们才能多完成一些工作。她们在的时候工作变得有点困难。"

"你这是有意说得轻了。"泽拉比说,"我没在火药厂里工作过,但我能想象那会是什么样的感觉。我感到,每时每刻,某种不受控制的、非常可怕的东西都可能突然爆炸。除了静静等待、希望它不要爆炸,你什么都做不了。坦率地说,我不知道我们要怎么再撑过一个多月。"他耸耸肩,又摇了摇头。

然而,就在泽拉比先生心灰意冷地摇头的那一刻,情况却意外地得到了改善。

因为兰姆小姐那天傍晚遭遇了一次不幸的事故。她近来养成了一种习惯:每天晚上在拉特利小姐的精心监督下安静地外出散步。一排牛奶瓶像往常一样整齐地立在小屋的后门外,那天晚上,其中一个瓶子却不知怎么翻倒了。她们一同出门时，兰姆小姐踩上了那个瓶子。瓶子在她脚下滚了起来，接着她便摔倒了……

拉特利小姐把她背进屋里，然后冲向电话……

五个小时之后，惠乐斯医生回到家，惠乐斯太太还在等着他。她听到汽车声便走过去开门，却看到丈夫站在门口，仪容不整，像被灯光刺了眼似的眨着眼。在他们的婚姻生活中，她只有一两次见过他这副模样，于是她焦急地一把抓住他的手臂。

"查理，查理，亲爱的，你怎么了？你不会是——"

"醉得厉害，米莉。对不起。不要在意。"他说。

"啊，查理！孩子有没有——"

"累坏了，亲爱的。只是累坏了。孩子安然无恙，你瞧。孩子一点毛病都没有。一点都没有。很完美。"

"哦，那真是感谢上帝！"惠乐斯太太大声喊道，就算是祈祷时，她也从未用过比这更热切的语气。

"眼睛是金色的。"她丈夫说，"挺少见——但是没人规定婴儿的眼睛不能是金色的，对吧？"

"没这规定，亲爱的。当然没这规定。"

"很完美，除了眼睛是金色。一点毛病也没有。"

惠乐斯太太帮他脱掉外套，把他领进起居室里。他一屁股跌进一张椅子里，懒洋洋地坐着，直勾勾地盯着前方。

"太——傻——了，不是吗?"他说，"担心了那么多。现在一切都很完美。我——我——我——"他突然哭了起来，双手掩面。

惠乐斯太太坐到椅子的扶手上，伸手搂住丈夫的肩膀。

"好了，好了，亲爱的。都没事了，亲爱的。现在都过去了。"她伸手把他的脸转向她，然后吻了他。

"生出来的孩子可能是黑皮肤的，或者黄皮肤的，或者绿皮肤的，或者长得像只猴子。X光没办法判断。"他说，"米德维奇的女人应该好好感谢兰姆小姐，为她在教堂里修一个圣龛。"

"我知道，亲爱的，我知道。但你不用再担心那些了。你说了，婴儿很完美。"

惠乐斯医生用力地点了好几次头。

"说得对，很完美。"他重复一遍，然后又点了一下头，"只不过眼睛是金色的。金色的眼睛没什么毛病。很完美……兰姆的，亲爱的，小羊羔①可以安全地吃草……安全地吃草……啊，上帝。我太累了，米莉……"

一个月之后，戈登·泽拉比正在特雷恩最好的疗养院的休息室里来来回回地踱着步。他强迫自己停下来，找了张椅子坐下。在他这个年纪，刚才那种行为太荒唐了，他对自己说。如果他是个年轻人，那样做无疑非常正常，但过去几周的事让他不得不注意到自己

---

① "兰姆"与"羊羔"同音。——译者注

已经不年轻了。他觉得自己比一年前老了一倍。然而，十分钟后，浆得硬绷绷的护士服沙沙作响，一名护士走进来，发现他又在房间里来来回回地踱步。

"是个男孩，泽拉比先生。"她说，"泽拉比夫人特别要求我转告你，他的小鼻子一看就是泽拉比家的鼻子。"

第十二章
丰收时节

七月最后一周的一个风和日丽的午后，戈登·泽拉比走出邮局，恰好碰上刚从教堂出来的小小一家人。大家簇拥着一个姑娘，姑娘怀抱着一个裹在白色羊毛披肩里的婴儿。她看上去非常年轻，尚不到做母亲的年龄，几乎还是个该在学校里读书的女学生。泽拉比对这家人投以善意的微笑，他们也以微笑回报。可等他们走过去之后，他却继续目送那个抱着孩子的女孩，露出略带悲伤的神色。

当他走到教堂门口的停柩门前，休伯特·李博迪牧师沿着小路迎了上来。

"你好，牧师。看样子你还有不少工作要忙。"他说。

李博迪先生向他问了好，然后点点头，和他并肩走在一起。

"但剩下的人已经不多了，"他说，"只剩两三个待产了。"

"这两三个之后就达到百分之百了？"

"差不多是的。我必须承认，我几乎没料到他们都肯来，但我想他们觉得，虽然这不能让事情完全正常化，至少也能让它多少显得正常一些。他们能这样想我很高兴。"他停下来思索了一下，"刚才那位，"他又说，"是年轻的玛丽·希斯顿，她给孩子起名西奥多①。这名字是她自己选的，我猜。我得说我很喜欢这个名字。"

泽拉比思考了一会儿，点了点头。

"我也喜欢这个名字，牧师。非常喜欢。你知道，这个名字体现了对你毫不吝啬的赞美。"

李博迪先生面露喜色，却摇了摇头。

"不是对我的赞美，"他说，"玛丽自己都还是个孩子，她不仅没为生下这孩子羞愧，还愿意给孩子起名'上帝的礼物'，这是对全村的赞美。"

"可是，是你以人性之名向整个村子展示了他们应该如何行事。"

"是团队合作的成果，"牧师说，"团队合作，而且我们的好队长是泽拉比太太。"

他们在沉默中又朝前走了几步，然后泽拉比说：

"可是，即便如此也不能改变事实。不管那姑娘怎么看待此事，事实是她被夺去了宝贵的东西。她突然被剥夺了童年，变成了一个女人。我觉得那很让人悲伤。她还没有机会展开翅膀，就不得不错

---

① 西奥多（Theodore）这个名字在英文中有"上帝的礼物"的含义。

过诗一般的少女时代。"

"你说得很有道理——可是，事实上，我怀疑这种说法，"李博迪先生说，"真正能创造诗歌的女性相当少——不管是主动创造还是被动创造。而且从玩洋娃娃直接过渡到照顾婴儿更符合人性，虽然我们这个做作的时代不承认这一点。"

泽拉比遗憾地摇摇头。

"我想你说得对。我这辈子一直不赞同条顿人对女性的看法[①]，可在我这辈子见过的女人中，九成都向我展示了她们完全不介意被那样看待。"

"也有些人显然没有被夺去任何东西。"李博迪先生指出。

"你说得对。我刚刚拜访了奥格尔小姐，她就没有失去任何东西。也许她仍然有些困惑，但也非常高兴。要是你见到她，会觉得她给自己变了套魔术，骗过了自己，连她自己也不知道那魔术是怎么变的。"

他停顿了一下，又说："我太太告诉我，李博迪太太过几天就要回家了。听到这个消息我们太高兴了。"

"是的。医生也非常高兴。她恢复得很好。"

"孩子也很好吧？"

"是的，"李博迪先生说，脸色稍有点不悦，"她非常爱孩子。"

他在一扇小门前停下脚步，门那边是一座花园和一栋远离道路

---

① 条顿人认为女人是生理上强大、精神上脆弱的生物。——译者注

的大大的乡间住宅。

"啊,你到了。"泽拉比点点头,"对了,福尔莎姆小姐现在怎么样了?"

"她现在很忙。狗又生了一窝小狗。她依然坚称婴儿不如小狗有趣,但我想我注意到她说这话时语气不像过去那么坚决了。"

"就算是最愤怒的人也会像这样慢慢接受的。"泽拉比表示赞同,"但是,就我自己而言,也就是说作为一个男性,我必须承认我觉得事情有些过于平淡,像战斗结束后的倦怠。"

"我们确实经历了一场战斗。"李博迪先生同意他的说法,"但战斗毕竟只是军事行动的高光时刻而已。战斗结束后还会有更多的事情需要面对。"

泽拉比更专注地看着他。李博迪先生又说:

"这些婴孩到底是什么人? 他们用那些奇怪的眼睛看着人的样子总像是有什么古怪。他们是—— 一群我们不认识的陌生人,你懂的。"他犹豫了一下,又补充道,"我知道你不赞成以这种方式思考,但是不管我怎么想,总是绕回同一个结论:这一定是某种考验。"

"可是,是谁制造的考验? 对谁的考验?"泽拉比说。

李博迪先生摇摇头。

"也许我们永远不会知道。但这件事已经对我们进行了一番考验。那样的情况被强加在我们身上,我们本可以拒绝,但我们选择接受,把它当作我们自己的事情。"

"我希望,"泽拉比说,"我希望我们做了正确的选择。"

李博迪先生看上去受了惊吓。

"可是难道还有别的选择?"

"我不知道。对不认识的陌生人——谁会知道呢?"

两人就这样道别。李博迪先生登门拜访教友,泽拉比先生在沉思的气氛中继续散步。直到走近绿地,他才从自己的思绪中回过神来,注意到离他尚有一段距离的布林克曼太太。她前一秒还推着亮闪闪的崭新婴儿车快步向他走来,后一秒却突然停下脚步,一动不动地站着,以一种无助而不安的眼神低头盯着婴儿车里。然后,她把婴儿从推车里抱出来,走到几米之外的战争纪念碑下,在第二级台阶上坐下,解开上衣的纽扣,把婴儿抱到胸前。

泽拉比继续前进。走近她身边时,他脱下有点破烂的帽子,朝她致意。布林克曼太太脸上露出恼怒的神色,并且泛起一阵粉色的潮红,但她并没有动。然后,虽然他并没说话,她却突然像在捍卫自己的观点似的说:

"怎么?这非常自然,难道不是吗?"

"我亲爱的夫人,这是非常传统的行为,而且是伟大的标志之一。"泽拉比向她保证。

"那就赶紧给我走开。"她对他说,然后突然哭了起来。

泽拉比犹豫了,"有没有什么我能够帮——"

"有,赶紧走开。"她重复一遍之前的话,"难道你以为我想在这里裸露身体？你总不至于那么想吧？"她哭着补充道。

泽拉比仍然犹豫不决地站在那里。

"她饿了，"布林克曼太太说，"要是你家的孩子也是'昏迷日'的孩子，你就会明白的。现在，你可以走开了吗！"

这似乎是个多说无益的时刻。泽拉比再次脱帽致意，然后遵从了布林克曼太太的指令。他继续前进，眉头困惑地皱成一团，因为他意识到自己似乎看漏了某个环节；这其中有什么不对劲，而他一直被蒙在鼓里。

泽拉比沿着通往凯尔庄园的车道走到半路，身后响起汽车的喇叭声。他闪到路边给车让路。但那辆车没有超过他，而是在他身旁停了下来。他转过头，发现那并不是来送货的面包车，而是一辆小小的黑色轿车。坐在方向盘后面的是费蕾琳。

"亲爱的，"他说，"见到你真好。我一点也不知道你今天要来。我希望他们不要老是忘记通知我。"

但费蕾琳并没有以微笑回应他的微笑。她那张有些苍白的面孔依然是一副疲惫的表情。

"没人知道我今天要来——连我自己也不知道。我本来没打算来的。"她低头看了看身旁副驾座上提篮里的婴儿。"是他让我来的。"她说。

第十三章
米德维奇同心协力

第二天，首先是玛格丽特·哈克斯比博士从诺维奇回到米德维奇，带着孩子。哈克斯比小姐已经不是格兰奇研究所的雇员，因为她两个月前就辞职了，但她还是径直去了格兰奇研究所，要求在那里住下。两小时后，黛安娜·道森小姐也从格洛斯特区域赶到格兰奇研究所，同样带着孩子，同样要求在那里住下。她的问题比哈克斯比小姐稍小，因为她仍是那里的职工，尽管她本应再休几周假才回来。第三位回到米德维奇的是来自伦敦的波莉·拉什顿小姐，同样带着孩子。她情绪痛苦而混乱，到叔叔休伯特·李博迪牧师家寻求帮助和住宿。

第三天，又有两位格兰奇研究所前员工赶了回来，都带着孩子。她们承认自己已经辞职，但仍极其明确地指出格兰奇研究所有义务为她们在米德维奇找个住处。那天下午，年轻的多莉夫人出人意料地带着孩子到来,打开了自家小屋的门户。此前她住在德文波特,因为那里离她丈夫部队驻扎的地方较近。

第四天,格兰奇研究所的最后一位女职工也露了面,来自达勒姆,带着孩子。严格来说,她也应该继续休假,还不到返回工作岗位的时候,但她同样坚决要求格兰奇研究所为她提供住处。最后出现的是拉特利小姐,带着兰姆小姐的孩子,从伊斯特本紧急返回,此前她带兰姆小姐去那里休养。

面对这波人员的涌入,村里人的心情各不相同。李博迪先生热情地欢迎了来访的侄女,仿佛在感激她给他一个做些补偿的机会。惠乐斯医生感到迷惑和不安——惠乐斯太太也是,她已经为丈夫安排了一次他急需的度假,担心他会因此推迟行程。戈登·泽拉比的态度如一位法官在不露声色地观察某种有趣的现象。最直接地受到这波发展影响的无疑是克里姆先生,人们已经开始在他脸上看到心烦意乱的表情。

伯纳德收到了一系列紧急报告。我和珍妮特的报告大致表达了如下的意思:我们已经跨越了第一个,可能也是最可怕的一个坎。新生儿们已经归来,没有引起全国各地妇产科人员的关注。但是,如果他仍然希望避免媒体关注,就必须迅速着手处理眼下的新情况。关于如何照顾和支持新生儿,必须由官方出台周全的计划。

克里姆先生在报告中语气激动地指出,他的人员记录中出现的违规行为的规模已经超过了他能控制的范围,除非高层迅速进行干预，否则很快就会出现严重的混乱。

惠乐斯医生认为有必要连续提交三份报告。第一份充满医学术语，用于官方存档。第二份以更通俗的语言表达了他的意见，供非专业人士参考。他的报告包括如下要点：

"百分之百的成活率——这批特殊新生儿中存活下来的男婴共计三十一名，女婴共计三十名——意味着我们只能进行外在的观察研究。但在我们观察到的特征中，以下几项为所有新生儿共有之特征：

"最引人关注的是他们的眼睛。眼睛的结构看起来相当正常；但虹膜的颜色据我的知识判断非常独特，呈一种非常明亮、接近荧光色的金色，且所有新生儿的眼睛都是同一种金色。

"肉眼可观察到他们的头发细软，呈一种稍暗的金色——这是我能够给出的最精确的描述。在显微镜下观察头发的切片，可见其一面几乎完全扁平，另一面则呈圆弧形；形状类似于一个较窄的字母'D'。八名婴儿的头发样本高度相似。在所有医学文献中，我找不到任何观察到这种头发类型的记录。手指甲和脚指甲比普通新生儿略窄，但无任何迹象提示这些手脚会发育成爪子——事实上，可以判断他们的指甲还比平均水平略平一些。枕骨的形状可能略有异常，但现在要确定这一点还为时过早。

"在此前的一份报告中，我曾猜测这些婴儿可能来源于某种异种生殖行为。这批婴儿高度相似，他们显然不是任何已知物种的混血后代；再加上妊娠期间的各种情况——我认为这些都倾向于支持上述猜测。等到能够确认婴儿的血型时——也就是说等他们体内循环的血液不再是母亲的血型，而是他们个人的血型时——我们也许还能取得更多支持这一猜测的证据。

"我无法找到关于人类异种生殖的任何案例记录，但我知道并无任何理由证明这种现象不可能发生。相关人员自然而然地想到了这种可能性。受教育程度较高的女性完全接受这一假说——即她们只是孩子的代孕母亲，而非生物学上真正的母亲；受教育程度较低的女性则认为这是对她们的羞辱，因此倾向于无视这种可能。

"总体而言，所有婴儿看上去都很健康，尽管他们'胖乎乎'的程度没有达到人们认为该年龄段应有的程度：正常来说比他们大一些的孩子才应该是这种头身比例。他们的皮肤带着一种奇怪但相当轻微的银色光泽，这引起了部分母亲的担忧，但这批婴儿全部如此，似乎对这些婴儿而言有这种光泽才是正常的。"

读完这份报告剩下的部分后，珍妮特对惠乐斯医生的观点提出了严肃的质疑。

"看看这里，"她说，"所有母亲和孩子都回到米德维奇的事情怎么说——所有这些强迫性的行为？你不能完全跳过这部分。"

"一种歇斯底里引起的集体幻觉——很可能很快就会过去。"惠乐斯说。

"但是是所有的母亲，不管有没有受过教育，都说这些婴儿能够发出,而且确实对她们发出了某种形式的强制命令。那些离开此地的母亲并不想回来;她们回来是因为不得不如此。我和她们所有人谈过,她们全都说自己突然感到一种痛苦—— 一种需求感,而且不知为何,她们都明白只有回到这里才能缓解那种痛苦。她们试图描述这种感觉的话语各不相同,因为每个人受影响的方式似乎各有不同——其中一位母亲觉得喘不过气来,另一位说那种感觉像是饥饿或者口渴,还有一位说仿佛有一种巨大的噪声在捶打她。费蕾琳说她只是感到一种无法忍受的紧张。但是,不管以哪种方式受影响,她们都觉得这种感觉是孩子导致的,而缓解痛苦的唯一方式是把孩子带回这里。

"就连兰姆小姐也一样。她的感觉和其他母亲一样,但她当时卧病在床,没办法回来。结果怎么样?那种强迫性的冲动转移到了拉特利小姐身上,她寝食难安,直到她充当兰姆小姐的代理人,把孩子带回这里。她一到这里,把孩子交给布兰特太太,那种强迫性的冲动就消失了,然后她就能回伊斯特本去陪兰姆小姐了。"

"如果,"惠乐斯医生沉重地说,"如果我们相信所有老妇人——或年轻妇人讲述的奇闻;如果我们谨记妇女生活中的大多数事务枯燥到致命的程度,令她们的心灵无比空虚,于是连最微不足道的种子也能在那里生根发芽,长成狂乱纠缠的枝蔓,我们就不会惊讶于她们把人生看作噩梦般不均衡、不合逻辑的东西。她们描述的感受不是字面意义上的,而是象征性的。

"那么,现在我们面对的是什么? 一群妇女,她们是一种不太可能出现且至今尚无法解释的现象的受害者;一群这种现象留下的婴儿,他们和普通婴儿不太一样。根据一种我们都很熟悉的逻辑悖论,妇女既要求自己的婴孩完全正常,又要求自己的孩子比所有其他孩子更优秀。那么,如果这群妇女中的任何一位带着自己的孩子与其他妇女隔绝,她就会更强烈地意识到自己的那个金色眼睛的婴儿和她见到的其他普通婴孩相比并不那么正常。她的潜意识进入防御模式,她会一直心存戒备,直到越过某个临界点,然后她要么必须承认事实,要么必须将事实合理化。想把事实合理化的最简单途径是把不正常之处转移到一个能让它看起来并不会显得不正常的环境中——如果存在这么一种环境的话。在我们的情况中,确实存在这样一个环境,而且只有一个地方符合条件——那就是米德维奇。所以她们抱起孩子,回到这里,于是所有事情都被暂时合理化了,她们也觉得舒适了。"

"我看确实有人在合理化自己的想法。"珍妮特说,"那么威尔特太太的事情怎么解释?"

珍妮特说的是这么一件事:有一天早晨布兰特太太走进威尔特太太的店铺,发现她正在用一个别针反复戳自己,并且一边戳一边哭。布兰特太太觉得此事看上去不妙,就把威尔特太太从店里拉走,去看惠乐斯医生。医生给她开了一些镇静剂。感觉好些以后,威尔特太太解释说,她在给孩子换尿布的时候用别针戳了他。然后,按照威尔特太太的说法,孩子仅仅用那双金色的眼睛定定地看着她,她就开始用别针戳自己。

"什么,这还用说?!"惠乐斯反驳道,"如果你能说出一个歇斯底里式悔恨的更典型的案例——为了忏悔而贴身穿件刚毛衬衣什么的——我倒有兴趣好好听听。"

"那么哈里曼先生也是歇斯底里咯?"珍妮特不依不饶地说。

因为有一天哈里曼先生出现在惠乐斯医生的诊所,样子狼狈得惊人。鼻子断了,牙齿掉了几颗,两个眼圈被打得乌青。据他说,他被三个身份不明的男人狠狠揍了一顿,但是谁也没有见过那几个人。同时,村里的两个小男孩说,他们透过哈里曼先生家的窗户看到他在用拳头疯狂地猛击自己。第二天,有人注意到哈里曼家的婴儿侧脸上有一块瘀青。

惠乐斯医生耸耸肩。

"就算哈里曼先生抱怨说自己被一群粉色大象攻击了,我也不会太吃惊的。"他说。

"好吧,如果你不打算提,那我就自己再写一份报告。"珍妮特说。

她确实这样做了。这份报告的结尾称:

"在我看来——事实上除了惠乐斯医生,所有人都这么看——这不是歇斯底里症的表现,而是简单确凿的事实。

"我认为这些情况应该被正视,而不是用某种解释糊弄过去。

我们需要调查和理解这些情况。在意志薄弱的人群中,存在一种倾向,就是将此事诉诸迷信,并且认为那些婴儿拥有魔力。这种无稽之谈对任何人都没有好处,而且容易被一些'暗中作怪的老妇人'(用泽拉比的话说)利用。我认为应该对此进行客观公正的调查。"

要求进行调查也是惠乐斯医生提交的第三份报告的主题,虽然他要求的是一种更为宽泛笼统的调查。这份抗议书形式的报告是这样结尾的:

"第一,我完全不理解军情部门为何要关注此事;第二,他们似乎认为只有他们有权关注此事,这非常荒谬且完全不可容忍。

"这是一个可耻的错误。应该有人对这些孩子进行彻底的检查和研究——当然,我一直在记录他们的情况,但那只是一个普通全科医生的观察结果。应该有一个专家团队负责这项工作。在孩子们出生前,我一直保持沉默,因为我当时相信,现在也仍然相信,这样对所有人都好,尤其是对那些母亲。但是,现在这种需求已经不存在了。

"在若干领域中,人们已经习惯了军事部门对科学进行的各种干预——其中相当一部分干预是完全没有必要的——但这次的情况实在太荒唐!这样一个现象被持续封锁消息,以至于几乎没有人知道,这不啻为一桩丑闻。

"就算这不是单纯的蓄意阻挠,它依然是一桩丑闻。即使有必要保密,也一定可以在《官方保密法》规定的范围内采取一些措施。

一个研究比较发育学的绝佳机会正在被白白浪费。

"想想我们费了多少工夫,就为了观察四胞胎和五胞胎,再看看这里现成的研究材料。六十一个相似体——相似到那些名义上是他们母亲的妇女都无法区分他们(她们会否认这一点,但事实如此)。想想我们可以开展多少工作,研究环境、条件反射训练、人际关系、饮食以及其他各种影响因素的比较效应。这里正在发生的事情相当于焚毁本可以写出的书籍。我们必须对此采取某种措施,否则就会错失更多良机。"

以上所有陈词令伯纳德迅速造访米德维奇,并与大家进行了一下午相当激烈的讨论。讨论结束时,大家的愤怒仅得到部分安抚,因为伯纳德承诺将敦促卫生部迅速采取实际行动。

其他人走后,伯纳德说:

"现在官方对米德维奇的兴趣势必会变得更加公开,因此如果能争取到泽拉比的支持,将对我们有很大帮助,而且事实上也许有助于避免日后的尴尬。你觉得你能安排我和他会面吗?"

我给泽拉比打了电话,他立刻就答应了,因此晚餐后我把伯纳德带到凯尔庄园,留他在那里和泽拉比商谈。大约几小时后,他回到我们的小屋,一副若有所思的模样。

"那么,"珍妮特问道,"你对米德维奇的这位圣人有什么看法?"

伯纳德摇了摇头,然后看向我。

"他让我看不透。"他说,"你的大部分报告都写得很出色,理查德,但我不确定你对他的判断是否正确。哦,你说他经常大发宏论,听起来像是为了引人注目而做的空谈,这我知道,但你给我的花哨修辞太多,而事实太少。"

"要是我误导了你,那我很抱歉,"我承认道,"泽拉比的麻烦之处在于他说话往往难以捉摸,而且常常含糊隐晦。他说的话里能当作事实向你汇报的部分并不多。他总爱顺便提起一些事情,就算你好不容易弄明白他的意思,也还是不清楚他是在做严肃的推理,还是仅仅在随意玩弄一些假设——而且,你也完全无法确定哪些东西是他暗示的,哪些东西是你自己推断出来的。这让事情变得很困难。"

伯纳德点点头,表示理解。

"现在我明白了。我刚刚就听了一番那样的话。最后他足足花了十分钟告诉我,最近他才开始怀疑,从生物学的角度看,文明究竟是不是一种堕落。接着他又从这个话题顺势谈到,他怀疑智人和其他物种之间的差距是否并没有那么大;他还暗示,如果我们当初不得不处理其他智慧物种,或者至少是其他半智慧物种带给我们的种种麻烦,也许反而对我们的发展更为有利。我确信他说的这些和我们的论题并非全然无关,但相关之处到底在哪,我根本摸不着头脑。不过有一点似乎很清楚:这人虽然看起来古怪,但心里什么都明白……顺便说一句,关于专家应该介入观察这一点,他和医生的观点非常一致——尤其是对于'强迫性冲动';但他的理由和医生恰恰相反:他认为那些行为不是歇斯底里,而他非常想知道到底是什么。

"还有,你似乎漏掉了一件事——你知道前几天他女儿曾试图把孩子带上车开出去兜风吗?"

"不知道。"我说,"你为什么说'试图'?"

"因为开出大约十公里之后,她不得不放弃,又掉头开了回来。泽拉比很不喜欢这件事。他是这么说的:孩子总被拴在母亲身边只是不太好,而母亲总被拴在孩子身边则是很严重的问题。他认为现在到他必须采取措施的时候了。"

第十四章
方兴之事

由于种种原因，差不多三个星期过去，艾伦·休斯才有空周末来泽拉比家拜访。因此，泽拉比虽然早就表达了采取措施的意图，却一直推迟到此时方得执行。

此时，孩子们（人们已经开始默认这个词的首字母需要大写，以把他们与普通孩子区别开）不愿被带离附近区域已成为全村公认的现象。这是桩麻烦事，因为母亲去特雷恩或者其他地方时就得找人照看孩子，但人们并未视其为严重的问题——实际上，大家更多地认为这只是个小麻烦；既然婴儿给人添麻烦是不可避免的，那么多这一项不便也没有什么。

泽拉比看待此事的态度没有这么轻松，但他一直等到周日下午，才把这个问题摆到女婿面前。他挑了一个他相当确信不会有人打扰的时间段，把艾伦领到草坪里雪松树下的躺椅前，在这里谈话

135

不会被任何人听见。两人一坐定,他便颇不寻常地直奔主题。

"我想说的,我亲爱的孩子,是这样一件事:如果你能带费蕾琳离开这里,会让我感到很高兴。而且,我认为越快越好。"

艾伦一脸惊讶地看了他一眼,而后那表情变成了微微皱眉。

"让她陪在我身边是我最想要的,我以为这一点我表达得非常明确。"

"当然非常明确,我亲爱的朋友,谁都看得出来。但我并不是要干涉你的私事,我现在担心的是更重要的事情;我想的不是你或她想要什么,或者喜欢什么,而是我们必须做什么——这是为费蕾琳着想,而不是为你着想。"

"她想离开这里,有一次她动身想到我那儿去。"艾伦提醒他。

"我知道。但那次她试图带孩子一起走,孩子又把她带回来了,就像当初把她带到这里一样。而且,如果她再次尝试带孩子离开,结果似乎还会一样。因此,你必须把她单独带走,不带孩子。如果你能说服她单独跟你走,我们可以安排孩子在这里得到很好的照顾。各种迹象表明,只要孩子不在她身边,就不会——很可能是因为不能——对她施加任何比自然亲情更强的影响。"

"但是惠乐斯医生说——"

"惠乐斯虚张声势地到处大声嚷嚷,是为了保护他自己不被吓到。他拒绝看见他不想看见的东西。我认为他用什么诡辩的借口安慰自己并不重要,只要不把我们其他人也卷进去就行。"

"你的意思是,费蕾琳和其他母亲回到这里的真正原因并不是他说的那种歇斯底里?"

"嗯,歇斯底里是什么?是一种神经系统的功能紊乱。自然,她们中许多人的神经系统是受了不小的压力,但是惠乐斯的问题在于,他还没走到应该开始的地方就止步了。他本应直面这种现象,诚实地探寻她们的反应为何表现为这种特殊的形式,但他却躲在烟幕后面,笼统地说这是长期持续焦虑的结果云云。我并不责怪他。目前他已经承受了太多;他累坏了,也理应休息一下。但这并不意味着我们应该让他掩盖事实——他现在试图做的就是掩盖事实。比如说,他虽然观察到这一点,却不肯承认:据我们所知这种所谓的'歇斯底里'从未在婴儿不在场时发作过。"

"是这样吗?"艾伦惊讶地问。

"没有任何例外。这种强迫性的冲动只发生于其中一名婴儿在附近时。如果把婴儿和母亲分开——或者也许应该说把母亲移到远离所有婴儿的地方——那么强迫性的冲动就会立刻减轻,并逐渐消失。有些母亲症状消失的过程比其他母亲更长,但情况就是如此。"

"但是我不明白——我的意思是,这是怎么做到的?"

"我也不知道。我推测,可能有某种类似于催眠的因素,但不管背后的机制是什么,我毫不怀疑这种强迫性冲动是孩子故意且有目的地施加于母亲的。以兰姆小姐为例:当她因身体原因而无法从命时,那种强迫性的冲动迅速转移到拉特利小姐身上,而拉特利小姐此前从未感受过这种冲动。结果婴儿得逞了,回到了这里,其他例子中的婴儿也一样。

"而且,自从他们回到这里,从没有人能把任何一个婴儿带到离米德维奇超过十公里远的地方。

"惠乐斯说,这是歇斯底里。第一个女人起了头,其余的女人下意识地接受了,因此表现出同样的症状。但只要把孩子留在这里,放在邻居家,母亲就能去特雷恩,或者其他任何她想去的地方,没有任何阻力妨碍她走。按照惠乐斯的说法,这只是因为她的潜意识被引导认为她独自行动时不会发生什么,所以就真的什么也没发生。

"但我要说的重点是:费蕾琳不能带孩子走;但如果她能下决心离开,把孩子留在这里,没有什么能阻止她离开。你的任务是帮助她下这个决心。"

艾伦考虑了一番。

"我像是给她下最后通牒——要求她在孩子和我之间二选一?这有点太强硬了吧,而且也太,呃,非黑即白了,不是吗?"他提出了这样的顾虑。

"我亲爱的朋友,孩子已经给她下了最后通牒。你要做的只是让她看清形势。唯一可能的妥协是你向孩子投降,搬来这里住。"

"这是我无论如何也办不到的事。"

"很好,那么这一点就明确了。几星期来费蕾琳一直在逃避这个问题,但这是她迟早必须面对的问题。你的任务是先让她看清这个障碍,然后帮助她越过它。"

艾伦缓慢地说:

"可是对她提这样一个要求挺苛刻的,不是吗?"

"对男人提另一个要求难道不也很苛刻吗——那并不是他的孩子?"

"嗯。"艾伦说。泽拉比继续说:

"而且也并不真是她的孩子,否则我就不会这样说话了。费蕾琳和其他女人都是受害者,她们被强迫了,被骗到了一个完全虚假的位置上。某种精心设计的骗术把她们骗到被兽医称为'代孕母亲'的位置上;这种亲子关系比代养母亲和孩子的关系更亲密,但性质类似。这个孩子与你与她都毫无关系——只不过,某种现在尚无法解释的过程曾迫使她处于不得不给孩子输送营养的位置。由于孩子和你们两人都毫无关系,所以他不属于任何已知的种族分类。就连惠乐斯也不得不承认这一点。

"但是,如果说这种生物的类型是未知的,这种现象却不是未知的——我们的祖先不像惠乐斯那样对科学抱有盲目的信仰,他们早就给这种孩子起了名字:他们管这种生物叫'换生灵'[①]。这种事情对他们而言绝没有对我们而言这么奇怪,因为他们只需应对宗教信

[①] 换生灵(Changeling):欧洲传说中有些妖怪或精灵会把自己的后代秘密地留在人类家庭中,换走人类的孩子,这种由人类父母抚养长大的妖怪或精灵称为"换生灵"。——译者注

仰的教条,而那并不像如今的科学信仰一样强硬。

"因此,换生灵的概念绝不是什么新鲜事物,它非常古老,而且传播非常广泛,若非不时有支持这一概念的证据出现,很难想象它会无缘无故地产生并经久不衰地持续下去。的确,人们以前没遇到过规模像这次这么大的情况,但是,就这次事件而言,数量并不改变事件的性质;它明确地证实了这个概念。我们这里的六十一个金色眼睛的孩童全是入侵者、换生灵,是小布谷鸟。

"那么,关于布谷鸟,重要的不是它们如何把蛋放进别的鸟巢,也不是它们为什么选择那一个鸟巢;真正值得关注的事情发生在它们的蛋孵化以后——被孵出来的小布谷鸟下一步到底打算干什么。不管它们打算干什么,这种行为肯定是受它们的生存本能驱使的,而这种本能的主要特征就是彻底的冷酷无情。"

艾伦略微思索了一下。

"你真的认为这是个合适的类比吗?"他不安地问。

"我非常确定。"泽拉比斩钉截铁地说。

两人陷入一阵沉默。泽拉比两手垫在脑后,身体后倾靠在躺椅背上。艾伦盯着草坪那头,但眼神空洞。过了许久:

"好吧,"他说,"我想我们中的大部分人本来指望孩子们出生之后,事情就会得到解决。我承认,现在看起来并不是那样。你认为接下来会发生什么?"

"我只是抱着这样的想法,并没有什么具体的预测——不过我觉得接下来发生的不会是什么令人愉快的事情，"泽拉比答道，"布谷鸟之所以能生存下来，是因为它们凶狠顽强，而且一切只为一个目标。因此我才希望你能把费蕾琳带走——而且别让她回来。

"就算一切都往最好的方向发展，也不会有令人满意的结果。为了让她过上正常的生活，你要尽一切努力，让她忘记这个换生灵。一开始会很困难，这是毫无疑问的，但是如果她能生一个真正属于她的孩子，之后就不会那么难了。"

艾伦揉了揉额头上的皱纹。

"确实很困难。"他说，"尽管事情并不是自然发生的，但她对孩子还是有那种母性的感觉——一种温柔的、像是生理性的爱，还有一种责任感，你知道的。"

"那是当然的。自然界就是靠这种母性运作的。正是因为这种母性，可怜的雌鸟才会拼了命去喂养贪婪的小布谷鸟。那是一种骗术，就像我之前对你说的那样，那是对自然天性的无情利用。这种天性的存在对物种的存续至关重要。但是，在文明社会中，我们毕竟不能对自己的一切自然冲动投降，不是吗？在这种情况下，费蕾琳必须彻底拒绝这种利用她的美好天性进行的敲诈。"

"如果，"艾伦缓慢地说，"如果安吉拉的孩子也是他们中的一员，你会怎么做？"

"我会为她做我现在建议你为费蕾琳做的事，把她带走。我还会卖掉这座房子，切断我们和米德维奇的一切联系，虽然我们两人都很喜欢这房子。尽管她没有直接卷入这次事件，但也许我未来还是得卖掉房子。这取决于接下来情况怎么发展，我会拭目以待。潜在的可能性是未知的，但逻辑推演给出的结论并不乐观。因此，我希望费蕾琳越早脱离这里越好。我不打算亲自对她说什么。一来，这是你们两人之间的事情，应该交由来你处理；二来，由我来说是有风险的，如果我把她心中本来尚不明确的疑虑挑明，就可能适得其反——比如说，可能会让她觉得这是一个她应该迎接的挑战，而你能给她提供另一种积极的选择。不过，要是情况太困难，你需要一点外力来让天平向另一边倾斜，我和安吉拉会全力支持你。"

艾伦缓缓地点了点头。

"我希望我不需要你的助力——我觉得应该不需要。我们都清楚事情不能一直这样拖下去。你这番话已经推了我一把，我们会把事情解决好的。"

两人继续坐在那里，在静默中沉思。艾伦意识到，他心中有种解脱的感觉，因为泽拉比帮他把他零碎的感情和怀疑聚拢起来，转化成了一种可以用行动解决的东西。他也对泽拉比刮目相看，因为据他回忆，在他和岳父的所有谈话中，这是泽拉比首次一而再，再而三地拒绝转移话题的诱惑，坚定不移把谈话的主题贯彻到底。而且，这番对话可以引出许多有趣的猜测，他正打算由他开口提出其中的一两个，却看到安吉拉的身影穿过草坪向他们走来。

她在丈夫另一侧的椅子上坐下，要了一根香烟。泽拉比给她一根烟,又伸手递过火柴。他看着她吸了最初的几口。

"遇到麻烦了?"他问。

"我不太确定。玛格丽特·哈克斯比刚给我打了电话,她走了。"

泽拉比扬起了眉毛。

"你是说,她离开这里了?"

"对。电话是她从伦敦打来的。"

"哦。"泽拉比说完再次陷入了沉思。艾伦问玛格丽特·哈克斯比是谁。

"哦,我很抱歉。你可能不认识她。她是在克里姆先生手下工作的几位年轻女士之一 ——应该说她曾经是。据我所知她是她们中最聪明的。她的学术头衔是玛格丽特·哈克斯比博士,伦敦的博士。"

"她是——呃——受害的女士之一吗?"艾伦问。

"是的,而且是其中怨气最大的一位。"安吉拉说,"现在她决心奋起反抗,而且已经离开了,把孩子丢给了米德维奇——字面意义上的丢在这儿了。"

"那她打电话找你做什么,亲爱的?"泽拉比问。

"哦,她只是想向官方通报一下,而且觉得我是一个可靠的通报对象。她说她本来打算给克里姆先生打电话,但他今天不在。她想安排一下孩子的事。"

"孩子现在在哪儿?"

"在她原来住的地方，多莉老夫人的小屋里。"

"她就这么丢下孩子走了？"

"是的。多莉老夫人还不知道。我得去她家告诉她。"

"这可能会很尴尬，"泽拉比说，"我已经可以想象在收留这些姑娘的其他女人中会引起一场相当大的恐慌。在姑娘们有样学样地把婴儿留在推车里丢下之前，她们会抢先连夜把她们赶出去。我们不能设法拖延时间吗？给克里姆先生一些时间，等他回来做点什么。毕竟，他手下的女孩不是我们村的责任——至少我们不该负主要责任。而且，她还有可能改变主意。"

安吉拉摇了摇头。

"我认为这位是不会改主意了。她这么做不是一时兴起。事实上，她相当认真地考虑过了。她是这么说的：她从未要求到米德维奇来，她只是被分配来的。如果他们把她分配到黄热病地区，他就得对结果负责；那么，他们把她分配到这里，她本身毫无过错，却被卷入这种事，所以现在该由他们来处理孩子。"

"嗯，"泽拉比说，"我感觉这样的类比在政府圈子里是不会被全票接受的。不过……"

"不管怎么说，这是她的论点。她完全拒绝接受这个孩子。她说她对这个孩子的责任不会比在门口捡到孩子的人大。因此，她没有理由忍受，也别指望她会忍受这个孩子毁掉她的生活或工作。"

"这个论点的结论就是现在孩子被扔给了我们教区——当然，

除非她打算支付抚养费用。"

"自然，这个问题我问过她了。她说村子和格兰奇研究所可以慢慢争论责任到底该归谁；反正肯定不归她。她拒绝支付任何抚养费，因为在法律上支付抚养费可能会被视作承认对孩子负有责任。不过，如果多莉夫人或任何其他好心人愿意收养孩子，就会收到每周两英镑的费用，汇款将是匿名且不定期的。"

"你说得对，亲爱的。她确实仔细考虑过了，这个情况我们得仔细研究一下。如果这种抛弃孩子的行为不受任何质疑，会产生什么影响？我想必须以某种方式明确对孩子的法律责任。但是怎么做到这一点？难道把负责救济孤儿的官员找来，甩一张法庭判决给她吗，你觉得呢？"

"我不知道，但她已经考虑到可能发生这类情况了。如果真走到那一步，她会在法庭上抗争到底。她声称，医学证据会证明孩子不可能和她有血缘关系；她将据此主张，她在不知情或未同意的情况下成了'代位父母'，因此不能要求她对孩子负责。就算这个辩护理由不成功，她仍可以对'某部'提起诉讼，指控其因疏忽导致她处于危险境地；或者指控他们默许攻击；或者也许指控他们教唆。她还没想好。"

"我估计她确实没想好。"泽拉比说，"这份诉状写起来一定很有趣。"

"嗯，她似乎认为事情不大可能走到那一步。"安吉拉承认。

"我认为她这样想完全正确。"泽拉比表示同意,"我们做了我们的努力,但为了让这一切保密,官方肯定还在暗地里搞了很多不为人知的动作。单是为了质疑法庭命令而提出的证据就够让各国记者一拥而上,事实上,如果法庭真下这样一纸命令,很可能会以这样那样的方式给哈克斯比博士带去一笔可观的财富。可怜的克里姆先生——还有可怜的韦斯科特上校,恐怕他们会很担心的。我想知道他们在这件事上有哪些权力……"他陷入了沉思,过了一会儿才再次开口:

"亲爱的,我刚刚跟艾伦谈了带走费蕾琳的事。你带来的消息似乎让这事更加紧迫了。一旦那事传升,其他人可能会决定效仿玛格丽特·哈克斯比的做法,你不这么认为吗?"

"她们中可能会有一些人因此下定决心。"安吉拉表示赞同。

"那样的话,假设有样学样的人的数量达到了棘手的水平,你难道不觉得可能会出现某些措施,出现某些反制手段,以防止更多的女人抛弃孩子吗?"

"但是,如果他们真像你说的那样不想吸引公众关注——"

"我指的不是当局会采取的手段,亲爱的。不是的,我是在想,如果事实证明孩子们不愿意被母亲抛弃,就像他们不愿意离开米德维奇一样,会发生什么?"

"可是难道你真觉得——"

"我说不准。我只是尽量站在'小布谷鸟'的立场上考虑。假如我是'小布谷鸟',我想我会憎恨一切看上去可能减少父母对我的关注,对我的舒适和安全构成威胁的东西。事实上,人也会这么想,甚至用不着假装自己是'小布谷鸟'。我只是提个建议,你明白的,但我确实觉得,万一发生那种事,应该确保费蕾琳不会被困在这里。"

"不管会不会发生那种事,她都最好离开这里。"安吉拉表示赞同。"你可以先建议她离开两三个星期,我们看看会怎么样。"她对艾伦说。

"很好,"艾伦说,"这样我就有个切入点了。她在哪儿?"

"我把她留在露台上了。"

泽拉比夫妇望着他穿过草坪,消失在房子的转角处。戈登·泽拉比对妻子挑挑眉。

"不会太困难的,我想。"安吉拉说,"她当然渴望和他在一起。障碍在于她的责任感。两者间的冲突每时每刻都在折磨她,让她筋疲力尽。"

"她对孩子到底有多少感情?"

"不好说。这些事情上女人面对太多社会压力和传统压力,服从社会认可的模式是自保的本能。就算能诚实面对自己真正的感情,也得花一段时间——何况社会还未必允许她们诚实。"

"但费蕾琳肯定不会这样吧?"泽拉比看上去仿佛受了伤害。

"哦,她会的,我很肯定。她只是还没走到那一步。情况太特殊,有点难以面对,你懂的。她经历了孕育孩子的一切不便和不适,就像怀她自己的孩子一样——而现在,经历那么多以后,她又得重新调整心态,接受生物学上的事实:那不是她的孩子,她只是所谓的'代孕母亲'。消化这些肯定得花不少力气。"

她停顿片刻,若有所思地望着草坪那头。"现在我每晚都做一小段感恩祈祷,"她接着说,"我也不知道是说给谁听,但我就是希望某个地方的某种东西能知道我有多感激。"

泽拉比握住她的手。几分钟以后,他再次开口:

"我在想,在人类发明的各种误用修辞里,还有比'自然母亲'更愚蠢、更无知的吗?要不是因为自然无情、丑陋、残忍得令人难以置信,人类根本没必要发明文明。人觉得野生动物野蛮,但只要想想在自然的汪洋中得多恶毒凶残才能生存下来,就连最凶猛的动物也几乎显得温柔驯顺了。就说昆虫吧,它们的生命只能靠离奇恐怖的复杂过程来维系。'自然母亲'四个字暗示的温柔安适大错特错,再没有比这更荒谬的概念了。每个物种都得挣扎求生,它会穷尽能力范围内的一切手段活下去,不管那手段多么肮脏丑恶——除非生存的本能因与其他本能冲突而被削弱。"

安吉拉抓住这个停顿插了话,语气稍带一丝不耐烦:

"我一点也不怀疑你就要逐渐绕回正题上来了,戈登。"

"是的,"泽拉比承认她的说法,"我就要绕回来谈布谷鸟了。布谷鸟对生存下去抱有非常坚定的决心。这种决心如此坚定,以至于一旦其他鸟的巢被它们的蛋侵入,就只有一个办法可以对付它们。

如你所知,我是一个有人性的人;我想也许我甚至可以说,我是一个天性善良的人。"

"你可以这么说,戈登。"

"我还有更进一步的劣势,我是个文明人。由于这些原因,我无法让自己赞同我们应该做的事。其他人也一样,即使我们知道那样做是可取的,我们也无法赞同。因此,我们只能像可怜的雌画眉鸟一样,喂养那些怪物,而背叛我们自己的物种……

"真奇怪,你不觉得吗?我们可以淹死一窝对我们毫无威胁的小猫咪,却要小心翼翼地喂养这些生物。"

安吉拉一动不动地坐了一会儿,然后转过头来,定定地看了他很久。

"你所说的我们应该做的事,就是指这个,你是认真的,对吗,戈登?"

"是的,亲爱的。"

"这不像你。"

"这一点我刚才已经指出了。但是,我以前从未遇到过这样的情况。我现在意识到,只有自觉安全的人才有资本宽待他人。现在我发现,当我感觉——我从来没想到自己会有这种感觉——自己站在万物之巅的地位受威胁的时候,我一点也不想宽待他人。"

"但是,戈登,亲爱的,这有点太夸张了。毕竟,几个不寻常的婴儿……"

"他们能随心所欲地让一个成年女人——别忘了,还有哈里曼先生——产生神经病症,就为了实现他们的愿望。"

"也许等孩子大些这些症状就会慢慢消失。听说有时母亲确实会对孩子有奇异的理解,某种心理上的共鸣……"

"零星的孤例也许是有的,但这是六十一个互相关联的案例!不,这可不是什么温柔的共鸣,这些孩子身后也没拖什么荣耀的彩云。他们是人类见过的最实际、最理智、最自足的婴儿,而且也是最自鸣得意的。这也难怪,他们能得到任何他们想要的东西。只不过在目前这个阶段,他们想要的东西还不算太多,但是以后——好吧,让我们拭目以待……"

"惠乐斯医生说——"他太太开口想说些什么,但泽拉比立刻不耐烦地打断了她。

"惠乐斯做得非常出色——因为之前做得太出色,也难怪他现在昏了头,表现得像一只把头埋在沙子里的该死的鸵鸟。他对歇斯底里的坚信几乎已经到了病态的程度。希望度个假能对他有点帮助。"

"但是,戈登,至少他在努力尝试解释这些现象。"

"亲爱的,我是个有耐心的人,但也别一味挑战我的底线。惠乐斯从未试图解释任何现象。他接受了部分事实,因为这部分事实已经无法逃避;然后他试图当其他事实并不存在——这和解释事实有很大的区别。"

"但是事情总得有个解释。"

"当然。"

"那么你认为应该怎么解释？"

"我们必须继续等待，直到孩子们长大，能给我们一些证据。"

"但你总有些猜想吧？"

"恐怕我没有什么特别鼓舞人心的猜想。"

"你的猜想到底是什么？"

泽拉比摇了摇头。"我还没有准备好。"他又说，"但你口风很紧，所以我会问你一个问题。这个问题是这样的：假如你想挑战一个相当稳定、武器装备也十分精良的高等社会，你会怎么做？你会按照那个社会的规则开战，发动一次可能代价高昂、绝对颇具破坏性的进攻吗？或者，要是时间并不太紧迫的话，你会不会更愿意采用一种更微妙的战术？事实上，你会不会尝试以某种方式引入一支'第五纵队'①，从内部攻击那个社会？"

---

①第五纵队（Fifth column），泛指隐藏在对方内部、尚未曝光的间谍。

第十五章
将兴之事

在接下来的几个月中,米德维奇发生了一些变化。

惠乐斯医生把诊所交给临时助手(也就是在危机中帮过他的那位小伙子)代管,自己则满怀对权威部门的厌倦与憎恶,在惠乐斯夫人的陪同下出门度假去了。据说这次旅程是环游世界。

十一月,村里暴发了流感,夺走了三位老人和那些儿童中的三位的生命。其中一名儿童是费蕾琳的儿子。有人专程去通知她,她立刻赶回家,但到村里时已经太晚,没能在孩子活着的时候见到最后一面。另两名病死的儿童都是女孩。

在这之前很久,发生了轰动一时的格兰奇研究所撤离事件,可谓高效服务组织的典范:研究人员周一才听说撤离的消息,货车队周三就到了;到了周末,房屋和昂贵的新实验室已经封窗闭门、人去楼空。村民们以为自己看了一场魔术哑剧,因为克里姆先生和他手下的工作人员也消失得无影无踪,只剩下四个金色眼睛的孩子,得由村里负责找代养父母。

一星期后,一对看上去干巴巴的姓弗里曼的夫妇搬进了克里姆先生住过的小屋。弗里曼先生自称是专门研究社会心理学的医疗专家,他太太似乎也是位医生。有人谨慎地向我们透露,他们来此地是为了代表某个不愿透露名称的官方机构研究孩子们的发育情况。他们似乎确实在以他们自己的方式执行这项任务,因为他们总在村里鬼鬼祟祟地四处窥探,不仅常花言巧语地潜入村民家的小屋做客,还老被看到坐在绿地边的长椅上凝重而警觉地沉思。他们的处事风格既谨慎又咄咄逼人,像是在搞什么阴谋;他们的行动策略在短短一周内激起了村民的普遍反感,让他们得了个"爱管闲事精"的绰号。然而,顽强是他们的另一大特征。面对挫折他们坚持不懈,直到村民不得不接受他们,视他们为令人讨厌却无法避开的存在。

我向伯纳德核实了他们的情况。他说弗里曼夫妇与他的部门无关,但官方任命的身份是真实的。惠乐斯焦虑地一再要求官方派人来研究孩子们,我们感到,如果他这番努力的唯一结果就是这两个人的到来,那么他目前不在村里倒也是好事一桩。

泽拉比向他们抛出过几根合作的橄榄枝,事实上我们所有人都这样做过,但是并没有取得任何进展。不管他们的雇主是谁,当初挑选代理人的时候想必是以谨慎为第一筛选条件。但我们认为,尽管谨慎在更大的尺度上确属重要的品质,但在社区内如果能稍稍多注重社交,或许会帮他们事半功倍地收集到更多信息。但不管怎样,目前的情况就是这样:据我们所知,他们可能在向某些机构递交有用的报告。我们没什么办法,只能任由他们以他们选择的方式继续在这里鬼鬼祟祟地游荡。

不管从科学的角度看孩子们生命头一年中的发展多么有趣,但他们这段时间中的变化几乎没再激起更多的疑虑。除了继续坚决阻止任何人把他们中的任何一个带离米德维奇之外,他们强迫他人的能力大多相当温和,也不常发生。正如泽拉比所说,他们是一群十分理智、十分自足的婴儿——只要没人忽视他们的需求或违背他们的愿望。

就现阶段而言,几乎没有什么证据支持那群老妇人的不祥预言,或者由泽拉比本人提出的那套虽然内容不同、却几乎同样令人沮丧的预测。时间在出乎意料的平静中流逝,我和珍妮特渐渐开始怀疑我们此前是不是都被误导了,也许孩子们的不寻常特质正在逐渐消失,将随着年龄的增长变得微不足道,而我们并不是唯一这么想的人。

然而,在第二年初夏,泽拉比发现了一件事。尽管弗里曼夫妇一直在尽心尽职地观察,这件事却似乎逃过了他们的眼睛。

一个阳光明媚的午后,他突然造访我们的小屋,并且毫不留情地把我们赶到屋外。我抗议他打断了我的工作,但他似乎并不打算被我这样打发走。

"我知道，我亲爱的朋友，我知道。我自己的出版商也正眼含泪水地催我快点交稿呢。但这件事很重要，我需要可靠的目击证人。"

"目击什么东西？"珍妮特不大感兴趣地问。但泽拉比只是摇了摇头。

"我不做任何引导性的声明，不引入任何杂菌。我只要求你们旁观一个实验，然后得出你自己的结论。好，"他在口袋里摸索着，"我们的实验仪器就是这个。"

他掏出一个装饰性的小木盒放在桌上，盒子大约有半个火柴盒大。还有一个由两根大钉子组成的智力玩具，两根钉子充分弯曲、钩连在一起，但只要找到适当的位置，就能轻松一滑，把它们分开。他拿起木盒摇了摇，里面有什么东西沙沙作响。

"里面是大麦糖。"他解释道，"这是日本人天才而无用的智慧产物之一。初看上去似乎没法打开，但是只要把这里的这块镶饰推到一边，就能毫不费力地打开，然后你就能吃到大麦糖了。至于为什么有人要费工夫造这么个玩意儿，这只有日本人知道。但是，我认为对我们来说，它现在终于有了实用的功能。那么，我们先用哪个孩子做这个实验呢——男孩？"

"那些孩子都还不到一岁大。"珍妮特冷冷地指出。

"从各方面看都是如此，但他们实际看上去，正如你非常清楚的那样，已经相当于发育非常良好的两岁孩童。"泽拉比反驳道，"而且，我要做的实验不完全是个智力测试……还是说，只是一个智力测试？"他不确定地住了口，"我必须承认，这个问题我也不太确定。然而，这一点并不是特别重要。你就挑一个孩子吧。"

"好吧，那就挑布兰特夫人的孩子。"珍妮特说。于是我们去了布兰特夫人家。

布兰特夫人把我们领进她家小小的后院，孩子正在草地上的一个围栏里玩耍。正如泽拉比所说，他各方面看起来都像个两岁的孩子，而且是个聪明伶俐的两岁孩子。泽拉比把小木盒递给他。男孩接过盒子，看了看，发现它可以发出声响，又高兴地摇了摇它。我们看着他确认这是一个盒子，然后尝试打开盒子却没成功。泽拉比让孩子继续玩了一阵盒子，然后拿出一块大麦糖，用糖从孩子手中换回了仍然没有打开的盒子。

"我看不出这个实验打算展示什么。"我们离开的时候珍妮特说。

"耐心点，亲爱的。"泽拉比以责备的口吻说，"接下来我们试哪个孩子呢？还得选男孩。"

珍妮特提议去牧师宅，因为顺路。泽拉比摇了摇头。

"不，那不行。波莉·拉什顿的女婴很可能也在那里。"

"那有什么关系吗？你把一切搞得好神秘。"珍妮特说。

"我想让我的目击证人满意。"泽拉比说，"你另选一个孩子吧。"

我们决定去多莉老夫人家。泽拉比在那里重复了刚才的表演。但这次孩子拿着盒子稍微玩了一会儿就递回给泽拉比，并抬头以期待的眼神望着他。泽拉比并没有从孩子手中接过盒子，而是向孩子展示如何开盒，然后让孩子自己试着打开盒子拿出糖吃。接着，泽拉比又朝盒子里放了一块大麦糖，关上盒子，再次递给孩子。

"再试一次。"他建议。然后我们看着小男孩轻松地打开盒子，拿到了第二块糖。

"现在，"我们离开时泽拉比说，"我们回去看证据一，布兰特家的孩子。"

我们又回到布兰特家的花园里，泽拉比像上一次一样，把盒子交给围栏里的孩子。孩子急切地接过盒子，毫不犹豫地找到那块可以移动的镶饰，把它朝后一滑，便打开盒子拿出了糖果，熟练得仿佛他已经这样做过十几次。泽拉比看着我们目瞪口呆的表情，眼中闪过一丝得意的光芒。他再次收回盒子，重新装入糖果。

"好吧，"他说，"再选一个男孩。"

我们在村里来回奔波，访问了三个男孩。没有一个孩子对盒子流露丝毫疑惑。他们打开盒子，仿佛在操作一件极为熟悉的东西，然后毫不迟疑地确认里面的糖果。

"很有趣，不是吗？"泽拉比说，"现在让我们开始试女孩吧。"

我们重复了刚才的过程，只不过这次泽拉比不是对第二个孩子，而是对第三个孩子展示了打开盒子的诀窍。在那之后，事情的发展和前一次完全一样。

"非常精彩,你们不这么觉得吗?"泽拉比眉开眼笑地说,"要不要再让他们试试钉子智力玩具?"

"也许迟点再说吧,"珍妮特对他说,"只因为现在我想喝点茶。"于是我们带着他回到了我家的小屋。

"盒子的想法是个好主意,"泽拉比一边狼吞虎咽地吃着黄瓜三明治,一边谦逊地对自己表示祝贺,"简单,毫无争议,而且完成得非常顺利。"

"这是否意味着你已经在他们身上试过其他想法了?"珍妮特问。

"哦,试过好多种呢。但是有些有点太复杂了,另一些不能得出确定的结论——而且一开始我没搞懂。"

"你确定你现在已经搞懂了吗——因为我可一点也不确定我懂了。"珍妮特对他说。他看着她。

"我宁愿认为你肯定已经懂了——而且理查德肯定也懂了。你不用羞于承认这一点。"

他又拿了一块三明治,并以询问的目光望着我。

"我估计,"我对他说,"你是想让我说,你的实验表明一个男孩知道的事情所有男孩都会知道,但女孩不会知道;反之亦然。那么好吧,表面看来它确实证明了这个结果——除非哪儿有什么漏洞。"

"我亲爱的朋友——"

"可是,你必须承认,你的实验表面上证实了的东西任何人都不可能一下子就接受。"

"我明白。对。当然。我自己也是一步一步接受这个结论的。"他点点头。

"但是,"我说,"你希望我们得出的推论确实就是这个?"

"当然,我亲爱的朋友。事实还能更清楚吗?"他从口袋里掏出那副连在一起的钉子,丢在桌子上,"拿上这个,你们自己去试试。或者,如果你们能自己设计出其他小测试并付诸实践,就更好了。你会发现这个推论是不可避免的——至少初步的推论是。"

"我听懂了,但彻底接受还得再花点时间。"我说,"不过,让我们先把你的推论当作一个假说,我现在暂时接受这个假说——"

"等一下,"珍妮特突然打断了我,"泽拉比先生,你现在是在声称,假如我对任何一个男孩说了任何事,其他所有男孩都会知道这件事?"

"完全正确——前提是这件事要足够简单,是他们这个年龄能理解的事。"

珍妮特看起来非常怀疑。

泽拉比叹了口气。

"老套路了,"他说,"只要处死达尔文,就证明进化是不可能的。但是,我已经说了,你只要亲自拿你自己设计的测试去试试就行了。"他转向我,"你刚才说到你承认这个假说……"他提示道。

"是的,"我表示赞同,"你说那是初步推论。那么下一步是什么?"

"我还以为仅这一步推论暗示的东西就足够颠覆我们的社会系统了。"

"这有没有可能是类似于——我的意思是，有时双胞胎之间会有心灵感应，有没有可能是那类感应的某种更高级的形式？"珍妮特问。

泽拉比摇了摇头。

"我认为不是——如果是，那么这种感应已经向前进化了太多，发展出了新的特点。而且，我们发现的不是一个心灵感应群，而是两个互相区隔的心灵感应群，两群之间似乎没有交叉关联。好，如果情况是这样——我们已经亲眼见到情况的确是这样——就会立即产生这样一个问题：这些孩子中的任意一个在多大程度上算独立的个体？从身体的角度看，每个孩子都是独立的个体，这个我们能看出来——但是在其他意义上，他也是独立的个体吗？假设他与群体中的其他人共享意识，而不是像我们一样必须克服障碍与其他人交流，我们能说他有自己的思想吗，能说他有我们所理解的独立人格吗？我认为他没有。这一点似乎非常明确：如果A、B、C拥有共同的意识，那么A表达的东西也是B和C所想的东西，于是，假如B在某种特定情况下采取某种行为，那么A和C面临那种情况时也会采取完全一样的行为——除了因身体机能上的不同而造成的差异。事实上这种差异可以相当巨大，如果上述行为很容易受腺体条件或其他个体身体因素影响的话。

"换句话说,如果我问这些男孩一个问题,不管我选谁作答,答案都会是完全一样的。如果我叫他们做某个动作,我得到的结果也是大致相同的,但是身体协调性碰巧比其他孩子好的孩子可能会完成得更好——不过,事实上,因为这群孩子间存在很高的相似性,所以上述差异应该很小。

"但我这番话的重点在于:回答我问题或者按我的要求做动作的孩子不是一个独立个体,而是群体中的一个成分。仅这一点就会导致很多进一步的问题和推论。"

珍妮特听得直皱眉头,"我还是不太——"

"让我换种说法,"泽拉比说,"我们眼前似乎有五十八个幼年独立实体。但表象是具有欺骗性的,我们发现,我们眼前实际上只有两个实体—— 一个男孩和一个女孩:尽管这个男孩由三十个部件组成,每个部件都具有个体男孩的外表和身体结构,而这个女孩则由二十八个部件组成。"

他停顿了一下。

"我觉得这很难接受。"珍妮特说,她小心翼翼地故意让这话显得轻描淡写。

"是的,当然。"泽拉比表示赞同,"我也觉得很难接受。"

"听着,"在又一阵停顿之后,我说,"你这番话是当作严肃的提议提出来的吗? 我的意思是,这不只是一番戏剧化的比喻?"

"我在陈述一个事实,至于支持这个事实的证据,我在陈述开始之前就向你们展示过了。"

我摇了摇头，"你向我们展示的只是他们能以某种我不理解的方式交流。从这一点一下跳到你的非个体理论，这一跳也太远了。"

"哦，如果只看那一条证据，也许你说得对。但你必须记住，虽然这是你看到的第一个实验，但我已经做了一系列测试，没有一个结果与我愿称之为'集体个体理论'的假说相悖。而且，其实这个理论并不像乍看上去那么奇怪。在进化上，这是物种用以绕过自身缺陷的一种公认的规避策略。不少乍看是个体的生物其实是群落，而且许多生物如果不组成以个体为单位运作的群落就无法生存。诚然，最佳的例子出现在低等生物中，但是并没有任何理由规定这种现象只能出现在低等生物中。许多昆虫的生存方式与之相当接近。因为物理规律的限制，它们无法增大个体体积，所以它们通过集体行动来追求更高的效率。我们人类也会为了同样的目的结合成群体，但我们是有意识地这样做，而不是被本能驱使。那么，既然我们能用这种笨拙的方法克服自身的弱点，自然界为什么不能制造出这种方法的一个更高效的版本呢？也许这是自然之模仿艺术的又一个例子？

"毕竟，我们正面临一些阻碍我们进一步发展的障碍，而且我们面临这些障碍已经有一段时间了——除非我们就此止步不前，不然总得设法绕过它们。你应该记得，萧伯纳提出，克服障碍的第一步是把人类的生命延长到三百岁。这可能是一种办法——并且毫无疑问，个体生命的延长对坚定的个人主义者而言具有很强的吸引力。但是还有其他的办法，虽然这也许不是人类期望在高等动物中看到的进化路线，但这种路线显然并非不可行——当然，这也绝不是说这种路线一定会成功。"

我飞快地瞥了珍妮特一眼，发现她已经走神不听泽拉比演讲了。当她认定一个人在胡说八道，就会迅速决定不再继续浪费精力倾听，而是降下密不透风的精神帷幕屏蔽对方。我一边望着窗外，一边继续思考。

"我觉得，我认为，"过了一会儿，我回复道，"我现在就像一只变色龙，被放在了自己变不了的颜色上。假如我听懂了你的话，你的意思是，在那两个组中，每个组里的孩子的思想都以某种方式——嗯——以某种方式集中在一起。这是否意味着，这些男孩集体拥有的脑力是正常脑力的三十倍，女孩则是二十八倍?"

"我不这么认为。"泽拉比十分严肃地说，"这肯定不意味着他们的脑力是普通人的三十倍，感谢上帝——那种脑力将完全超过任何人的理解能力。这似乎确实意味着他们的智力在某种程度上翻倍了，但在他们目前的年龄阶段我不知道如何估测这个倍数——或许以后也估测不了。日后这也许会带来巨大的影响。但在我看来，目前最重要的是他们行使的意念力量的强度——我觉得这种力量的潜力是个非常严重的问题。我不知道他们如何对别人施加强迫性的冲动，但我猜想，如果能探索这种力量，我们也许会发现，当一定程度的意念力量集中——让我姑且用'集中'这个词——在一个容器上时,就会发生黑格尔式的变化——也就是说,当量变超过临界值,就会展现出质变。在这种情况下,那就是一种直接的强迫力。

"但我得坦率地承认,那只是一种理论上的猜想——而我现在可以预见到,未来将有很多东西需要猜想和研究。"

"在我听来整件事情异常复杂——如果你说得没错的话。"

"其细节和机制是很复杂。"泽拉比承认,"但是其原则,我认为远没有乍看上去那么复杂。毕竟,你应该也同意,人的核心本质不在于肉体,而在于其中的精神吧?"

"当然。"我点点头。

"那么,精神是一种活的力量,因此它不是静止的,因此它必须要么进化、要么衰退。精神的进化意味着最终要发展出一种更伟大的精神。那么,假设这种更伟大的精神,这种超级精神想要显现于世间,它应栖居于何处?普通人的肉体构造无法容纳它,能容纳它的超人尚不存在。那么,由于缺乏合适的单一载体,它难道不得不影响一个群体——就像百科全书因体量太大而需要分卷一样?我不知道会不会这样。但如果是这样的话,那么两个超级精神居住在两个群体中,也是有可能的。"

他停顿了一会儿,望着打开的窗户,看窗外的一只大黄蜂从一株薰衣草飞到另一株薰衣草上。然后他若有所思地继续说道:

"这两组孩子的事我想了很多。我甚至觉得应该给这两个超级精神起两个名字。你也许觉得可以选的名字有很多，但是在这么多名字中我只找出两个，这两个名字不断闯入我的脑海。不知为何，我一直想叫他们——亚当——和夏娃。"

两三天后，我收到一封信，说我一直委婉争取的那个加拿大的工作有了眉目，如果我能马上动身赴任，那工作就是我的。我立刻启程，留珍妮特扫尾，以后再来与我会合。

珍妮特抵达加拿大时并没有带来多少米德维奇的消息，只说弗里曼夫妇和泽拉比之间展开了一场几乎是一边倒的战争。

情况似乎是这样的：泽拉比把他的发现告诉了伯纳德·韦斯科特。弗里曼夫妇受命进一步调查相关细节，他们不仅从没想过，而且从本能上拒绝这整个想法。他们立刻开始进行自己的测试，可随着测试的推进，他们的脸色变得越来越阴沉。

"但我想他们至少不会叫他们亚当和夏娃。"她又说，"这太离谱了，那个老泽拉比！我永远不会停止感恩的是我们那天恰好去了伦敦。想想吧，要是我成了亚当的第三十一个分身的母亲，或者夏娃的第二十九个分身的母亲，会怎么样。现在这样的情况已经够糟的了，感谢上帝我们没有卷进去。我已经受够了米德维奇，就算以后再也听不到那里的消息，我也不会介意的。"

第二部分

第十六章
九年之际

接下来的几年中,我们没什么机会回国探亲,有限的几次也是短暂而匆忙,全程都在从一个亲戚家奔向另一个亲戚家的路上,中间穿插一些为搞好工作关系而做的拜访。我再也没去过米德维奇附近的任何地方,甚至很少想起那里。但是,在离开英国后的第八个夏天,我成功地请到一次六周的长假。第一周快结束的时候,有一天我在皮卡迪利偶然遇见了伯纳德·韦斯科特。

我们去"来来往往"俱乐部喝了一杯。在聊天的过程中,我问起米德维奇的情况。我想我以为他会说整件事情早就烟消云散,因为最近当我偶尔想起米德维奇时,那个地方和那里的人都给我一种不真实的感觉,那里的事仿佛是一个曾经绘声绘色、如今却毫无说服力的故事。我几乎已经准备好听他说,那些孩子再也没有表现出什么异象,就像疑似天才的孩子往往发展平平,期望的种子从未真正开花结果。我以为他会说,虽然开头有很神奇的迹象,但那些孩子最终不过成了一群寻常的乡村儿童,只有样貌依然与众不同。

伯纳德思量了一会儿,然后说:

"事实上,我明天恰好要去那儿。你愿意一起去吗?去会会老熟人什么的。"

当时珍妮特去了北边,要在老同学家住一个星期,留下我一个人在这里,也没什么特别的事情要做。

"这么说你还在继续监视那个地方?好,我愿意跟你去,和他们打个招呼,泽拉比还活着吧,身体也还好吧?"

"哦,是的。他就是那种像干树枝一样的人,似乎能永远活下去,而且一点变化也没有。"

"我最后一次见他的时候——跟他告别的那次除外——他正沉迷于一种关于复合型人格的奇怪理论。"我回忆道,"真是个能说会道的老家伙。只要他一开口,连最奇怪的概念也能被他讲得颇有道理。我记得是关于亚当和夏娃的什么理论。"

"你会发现他跟那时没多大区别。"伯纳德对我说,但他并没有顺着我的话头说下去,而是接着说,"我要去那儿办的事情恐怕有点诡异——是去开验尸听证会,不过这不会干扰你的行程。"

"死者是那些孩子中的一个?"我问。

"不,"他摇摇头,"一个名叫帕维尔的本地男孩出车祸死了。"

"帕维尔,"我把那个名字重复一遍,"哦,我记得他。他家的农场离村子有点远,靠奥普雷更近些。"

"就是他。达克尔农场。悲惨的营生。"

问他为什么要去开验尸听证会似乎有些太冒犯了,因此我任由他转换了话题,问起我在加拿大的经历。

第二天一早,已经能看出那天将是一个晴好的夏日。我们吃过早饭不久就上路了。伯纳德在车里似乎觉得更自在,更愿意谈他昨天在俱乐部里不想谈的事。

"你会发现米德维奇有一些变化,"他提醒我,"你们以前住的小屋现在被一对姓韦尔顿的夫妇占用了——他整天画蚀刻版画,他的妻子则整天做陶艺。我想不起来现在谁在克里姆先生的位置上,弗里曼夫妇走后又换了好几任。但最让你吃惊的肯定是格兰奇研究所。外面的告示牌重新粉刷过了,现在上面写着:'米德维奇格兰奇研究所——特殊学校——教育部办'。"

"哦?那些孩子在里面上学?"我问。

"没错。"他点点头,"结果泽拉比的那套'异想天开的构想'并不像看上去那么异想天开。事实上,简直应该奉为圭臬——这可让弗里曼夫妇吃够了苦头。他们因此颜面扫地,只好卷铺盖走人,再没脸见人了。"

"你是说他那套'亚当和夏娃'的说法?"我难以置信地说。

"不完全是,我是指他说有两个精神群体。很快就证实真有那种心灵感应——所有证据都支持这个理论——而且这种感应后来一直存续着。在他们刚满两岁的时候,有一个男孩学会了认一些简单的字——"

"才两岁就认字?"我惊呼道。

"已经相当于一般孩子四岁的水平。"他提醒我,"第二天人们就发现,所有男孩都认识那些字了。从那时开始,他们的进步非常惊人。几周后,女孩中也有一个人学会了认字,她一学会,其他女孩也都会了。后来,一个男孩学会了骑自行车,马上所有男孩都能熟练地骑自行车了,哪怕是第一次上车的孩子。布林克曼太太教女儿学会了游泳,然后所有女孩立刻都会游泳了,但男孩还不会,直到其中一个男孩找到了游泳的窍门,于是男孩也全都会游了。哦,从泽拉比指出的那一刻起,这一点就毋庸置疑了。但在各个层面上一直争论不休——现在也还是这样——的是每组孩子分别代表一个独立个体的说法。能接受这一点的人并不太多。说是一种思想传播形式,可能吧;说是高度的相互敏感,也许吧;说是多个单元间存在某种我们尚不能清楚理解的通信方式,这也行得通;但要说是一个单元在控制多个物理上互相独立的部分? 这可不行。能支持这一点的证据非常少。"

他这么说我并不惊讶。他继续说道:

"不管怎么说,这些争论主要是学术上的。重点是,不管他们是怎么做到的,他们之间确有组内的心灵感应。那么,让他们去任何一所普通学校学习显然都行不通——要是就让他们去上奥普雷或斯托奇的学校,几天后关于他们的传言就会满天飞了。于是教育部和卫生部都介入了,结果就是把格兰奇研究所办成了一个学校兼福利中心兼社会观察站,专为他们服务。

"这样处理的效果比我们想象的要好。早在你还在这儿的时候,就能很明显地看出这群孩子日后会成为一个大问题。他们有与众不同的社群意识——他们的互动模式和我们不一样,他们的天性决定了这不可能一样。对他们来说,彼此之间的联结远比任何普通的亲情重要。而且有些孩子的其他家庭成员也非常憎恨他们——他们不可能真正成为家庭中的一分子,他们太特殊了;他们没法和那些家庭里真正的孩子和睦相处,而且这种困难似乎在不断加剧。格兰奇研究所的某个人提出了在那里给他们设集体宿舍的想法。没人给他们压力,也没人去劝说他们——但只要他们愿意,就可以随时搬进去。很快就有十几个甚至更多的孩子搬了进去。其他孩子也渐渐加入了他们。他们似乎开始明白,他们和村里的其他人永远不会有太多共同点,所以他们自然而然地同类相吸,组成了一个他们自己的群体。"

"这个安排挺奇怪的。村民们怎么看呢?"我问。

"当然有些人不赞成——其实没什么具体的理由,主要是觉得不合常理。很多人感到松了一口气,终于卸下了一项一直让他们害怕的责任,但他们觉得不宜公开承认这种感情。也有几个人从前是真心爱孩子的——现在也是——所以他们觉得和孩子分开很痛苦。但总的来说大家就这样接受了这种安排。当然谁也没有真的站出来试图阻止任何一个孩子搬进格兰奇研究所——因为就算阻止也拦不住他们。那些受母亲喜爱的孩子和家里保持了良好的关系，想回家的时候会回去看看；另一些孩子则和家庭完全断绝了关系。"

"我从没听说过如此古怪的安排。"我说。

伯纳德笑了。

"这个嘛，如果你回忆一下，就会记起整件事从一开始就有些古怪。"他提醒我。

"那他们在格兰奇研究所都做些什么?"我问。

"那主要是一所学校，就像它标榜的那样。里面有老师和福利工作者，有社会心理学家，等等。还有些相当著名的教师来访问，开设各种科目的短期课程。一开始，他们像普通学校的学生一样上课，后来发现没这个必要。所以现在任何课都只需一个男孩和一个女孩来听课，其他人自然会知道这两个人学到的东西。而且也没必要每次只上一门课。同时教他们好多门课，他们也能以某种方式听懂，效果和每次上一门课一样。"

"啊，天哪，按这种速度，他们吸收知识一定像吸墨纸吸墨水一样快。"

"确实是这样。这似乎让一些老师感到有点不安。"

"在这种情况下你仍然成功地没让外界知道他们的存在?"

"在大众层面上，是的。我们继续和新闻界保持共识——而且，反正从他们的角度看，既然早期没有报道此事，现在就算报道也不可能引起太大轰动了。至于如何对周边地区保密，这涉及一定程度的卧底工作。米德维奇在此地的声誉一向不高——说它是个'憨直的邻居'也许已经是最友善的说法了。嗯，通过一点外力的帮助，我们让米德维奇的风评进一步下降。泽拉比向我保证，米德维奇现在已经被邻村视为一个没有铁栏杆的精神病院了。他们认为村里的所有人都受了'昏迷日'的影响，尤其是孩子们；他们把米德维奇这儿的孩子称为'被白日击中的人'——几乎是'被月亮击中的人'①的同义词——说他们痴呆得太厉害，政府出于人道主义考虑，觉得有必要专门为他们建一所特殊学校。哦，没错，我们已经让人们充分相信，那块地方是用来收留有缺陷的人的。人们容忍那里，就像容忍家族里有个头脑不正常的亲戚一样。偶尔会有闲言碎语，但人们视其为不幸的苦难，而不是什么值得对外界宣扬的事情。就算米德维奇的一些村民偶尔亲自讲起这些事情，外界也不会当真，因为，毕竟全村人都经历了'昏迷日'，所以他们必然或多或少都是'被白日击中的人'。"

"这一定费了大量的工夫去实施和维护。"我说，"我一直不明白，现在也依然不明白的是，为什么你们当时——现在似乎依然如此——如此希望让此事保密。'昏迷日'当时采取一些安全措施可以

---

① 指疯子，古代西方社会人认为月亮会使人发疯。——译者注

理解——有不明飞行物未经授权着陆，这是军方该管的事。但是现在……为什么还要费这么大力气继续把这些孩子藏起来？为什么还要在格兰奇研究所搞这么奇怪的安排？那样一所特殊学校可不是每年花几块钱就能运营起来的。"

"你不认为福利国家应该对自己的责任尽心尽职？"他提出。

"别跟我来这一套，伯纳德。"我对他说。

但他并没有理会我的抗议。他虽然继续谈论那些孩子和米德维奇的情况，却一直对我提的那个问题避而不谈。

我们在特雷恩早早地吃了午饭，开进米德维奇时刚过下午两点。我发现这个地方看起来毫无变化。从我上次见到这村子到现在，仿佛才过了一周，而不是八年。在验尸听证会即将举行的村公所外，绿地上已经聚起了一大群等待的人。

"看起来，"伯纳德一边停车一边说，"看起来你最好迟点再上门拜访，因为现在似乎全村人都在这里。"

"你觉得听证会要开很长时间吗？"我问。

"应该是走个形式——我希望如此。可能半个小时就结束了。"

"你要提供什么证据吗？"我一边问一边琢磨，如果真的只是走个形式，他为什么要费这么大力气大老远地从伦敦赶来。

"不。只是来看看情况。"他说。

我觉得他叫我迟点再登门拜访的建议很有道理，就跟着他进了村公所。会场里的人渐渐多了起来，我看着那些熟悉的身影成群结队地走进来,寻座位坐下。毫无疑问,村里凡是能来的人几乎都来了。我不太明白这是为什么。当然,他们都认识死者——年轻的吉姆·帕维尔,但这似乎不能完全解释大家为什么都要来参加听证会,更加绝对无法解释会场里为什么充斥着令人无法忽略的紧张气氛。几分钟后,我已经完全不信这场听证会像伯纳德预言的那样只是走个形式。我有种感觉,人群中的某个人会突然做出什么爆炸性的举动,而我正等着那一刻的到来。

可什么也没有发生。听证会确实只是走个形式,而且非常简短,半个小时内就结束了。

我注意到会议结束时泽拉比迅速溜出了会场。我们走出村公所,发现他正站在外面的台阶上等我们出来。他向我打了个招呼,那态度仿佛我们几天前刚见过面似的。然后他说:

"你怎么来了? 我还以为你在印度。"

"是加拿大。"我说,"我来这儿纯属偶然。"然后我解释了是伯纳德带我来的。

泽拉比转头看向伯纳德。

"你满意吗?"泽拉比问。

伯纳德微微耸了耸肩。"还有别的情况吗?"他问。

这时,一个男孩和一个女孩从我们身边经过,混在散开的人群里走上了大路。我只来得及瞥见他们的脸,然后便惊奇地盯着他们的背影。

"他们不会是——?"我开了口。

"他们就是。"泽拉比说,"你没看见他们的眼睛吗?"

"但这太荒谬了。怎么可能,他们才九岁!"

"按日历看是才九岁。"泽拉比表示赞同。

我注视着他们大步走远的背影。

"但这——这太难以置信了!"

"你稍微回忆一下就会记起,米德维奇这地方难以置信的事就是比其他地方多。"泽拉比说,"现在罕见的事我们能立刻消化,难以置信的事费的时间稍多,但我们也学会了接受。难道上校没有提醒你吗?"

"算是提醒过了,"我承认,"但是刚才那两个孩子! 看上去足有十六七岁了。"

"从生理角度看他们确实有那么大了,这一点我可以保证。"

我继续盯着他们的背影,仍然不愿意接受这个事实。

"要是你们不着急的话,去我家喝杯茶吧。"泽拉比提议。

伯纳德看了我一眼,然后提出开他的车去。

"那好,"泽拉比说,"不过你开车可要小心些,别忘了你刚才听到的事。"

"我不是个危险的司机。"伯纳德说。

"小帕维尔也不是——他也是个好司机。"泽拉比答道。

沿车道开了一会儿,静静矗立在午后阳光中的凯尔庄园便映入我们的眼帘。我说：

"我第一次看到这房子时，它看起来就是这样。我记得，当时我想，我要是再走近些，就能听见它像猫一样打呼噜了。从此以后，它在我心中一直是这个形象。"

泽拉比点点头。

"我第一次看到这房子时，觉得这是个安度晚年的好地方——但是现在，我觉得在这里能不能得到安宁很值得怀疑。"

我没有接他的话。我们驶过房子正前方，把车停在侧面的马厩旁。泽拉比领我们走上露台，挥手示意我们坐进铺着软垫的藤椅里。

"安吉拉这会儿不在。不过她答应要回来喝茶的。"他说。

他身体朝后靠在椅背上，对着草坪对面凝视了一阵。从"昏迷日"到现在已经九年了，这九年的时光待他不算残忍。银色的细发依然茂密，在八月的阳光中亮泽如昔。眼周的纹路也许稍添了一点，脸庞微微瘦了一点，上面的皱纹隐约深了些，但若说他本就太过瘦长的身躯现在更为消瘦了，那也至多不过是两三公斤的事情。

他转向伯纳德。

"那么你满意吗？你认为事情会就此结束吗？"

"我希望如此。已经发生的事情无法挽回。明智的做法是接受判决，他们也确实接受了。"伯纳德对他说。

"嗯。"泽拉比说。他转向我，又说："作为一个旁观者，你对我们今天下午的小把戏有什么看法?"

"我不——哦,你指的是听证会。气氛似乎有点紧张,但是在我看来,程序走得非常有序。那个男孩开车太不小心了,先是撞到了一个行人,然后又因为太紧张害怕,非常愚蠢地试图逃跑。拐过教堂旁边的那个弯时他加速太猛,结果撞到了墙上。难道你在暗示这并不是'事故死亡'——人们有时也管那叫出了意外,但其实都是一回事。"

"是有'出了意外'这个说法,"泽拉比说,"但通常并不是一回事,而且意外其实比犯罪发生得稍早一点。让我来告诉你发生了什么——对上校我也只是简单汇报过,还没找到机会细说……"

那天,如往常一样,泽拉比下午散完步后正沿着奥普雷路往家走。快走到通往西科姆巷的那个拐角时,那些孩子中的四个突然从巷子里冒出来,拐了个弯,在他前面排成长长一列朝村子方向走。

四个孩子是三男一女。泽拉比仔细地观察他们,因为他对他们的兴趣从未衰减过。三个男孩样貌如此相像,就算他努力辨认也分不出谁是谁;但他没有去辨认,他早就明白区分他们是白费力气。村里的大多数人——除了几个女人似乎真的很少有疑问——和他一样分不清这些孩子,孩子们对此也习以为常了。

他像每次见到那些孩子时一样,惊叹于他们能在这么短的时间里发育得这么快。仅这一点就足以让他们成为不同的物种——这不是简单的早熟，而是近乎两倍于正常速度的发育。与看起来和他们同年龄、同身高的正常孩子比，他们也许稍瘦一些，但这是他们特有的瘦，毫无发育不良或过度拔高的迹象。

他再一次情不自禁地想，要是能更了解他们并更深入地研究他们就好了。他在这方面进展甚微，并不是因为他没有努力尝试。从他们很小的时候起，他就开始极富耐心、坚持不懈地尝试。他们接受了他，但并不比他们接受其他人更多。而他认为自己了解他们的程度应该就算不超过，也绝不会逊于任何一位在格兰奇研究所负责教导他们的导师。表面上，他们对他很友好——要知道他们对很多人都不友好——愿意与他交谈，听他说话，被他逗乐，向他学习；但这种友好从未超过"表面"的范畴，而且他预感永远不会超过这个范畴。在"表面"之下不远的地方，永远有一层屏障。他们做给他看的、说给他听的都是他们对环境的适应，而他们真正的自我和真实的本性藏在那层屏障之下。他与他们之间的相互理解奇怪地非常局限、非常缺乏个人化的元素；这种理解缺乏感情和同情。他们似乎只有在他们自己的世界中才过着真实的生活。他们就像标准和道德完全不同于外界的亚马孙部落一样，与主流世界隔绝。他们会对外界产生兴趣，他们会学习，但你会觉得这种学习仅仅是收集知识——或许有点像一个玩杂耍的人学一项有用的技能，不管他掌握得多出色，那技能都绝不会对他作为人的内核产生任何影响。泽拉比想知道，有没有人能更接近他们。格兰奇研究所的那帮人不愿意透露内情，但据他努力挖掘出的情况看，即使是最百折不挠的人也没能成功穿透那层屏障。

看那群孩子走在前面，互相说着话，他发现自己突然想起了费蕾琳。现在她回家的次数不像他希望的那么多；她见到那些孩子时仍会觉得痛苦，所以他也没有劝她多回来。听说她在那个家里和自己的两个儿子过得很开心，他尽量说服自己这就足够了。

就算费蕾琳在"昏迷日"怀上的那个男孩还活着，他应该也无法把那孩子与现在走在前面的三个男孩区分开来，就像他分不清眼前的这三个男孩一样。想到这一点，他觉得很奇怪，又觉得受了羞辱，因为这似乎使他成了奥格尔小姐的同类，只不过她解决这个问题的办法是把碰巧遇到的每一个男孩都认作自己的儿子——奇怪的是，从来没有任何一个男孩纠正她的误认。

现在，前方的四人组转了个弯，消失在他的视野里。一辆车超过了他，这时他恰好走到拐角处，因此非常清楚地看到了接下来发生的一切。

那是一辆小型两座敞篷车，开得并不快，但当时在那个转角处，孩子们恰好在司机的视线盲区里停下了脚步。他们在马路中央依旧排成长长一列，似乎正在争论应该往哪个方向走。

司机尽了最大努力。他向右急转，想避过他们，而且差一点就成功了。只要再朝右去五厘米，就能完全不撞到他们。但他没能多转那五厘米。左侧挡泥板的尖端撞到了最外边的那个男孩的屁股，他被掀到空中,落在路对面一座小屋的花园围栏上。

接下来的一幕在泽拉比的记忆中是一个静止的画面。被撞的男孩靠在围栏上,另外三个孩子像冻住了一般站在原地,开车的年轻人正在把车轮的方向打正,同时继续踩着刹车。

那辆车是否停了下来,这一点泽拉比永远无法确定。就算停过,也只停了一瞬间。然后,引擎发出轰鸣。

车猛地向前冲去。司机换上高速挡,再次踩下油门,径直驶向前方。他完全没有左转的打算。车撞上教堂院墙的时候还在继续加速。车撞得粉碎,司机被甩了出去,一头撞在墙上。

人们喊叫起来,附近的几个人开始向车的残骸奔跑。泽拉比没有动。他几乎吓呆了,站在原地动弹不得,看着黄色的火焰蹿出来,黑色的烟腾空而起。然后,他以看上去十分僵硬的动作转身去看那几个孩子。他们也紧盯着汽车的残骸,三张面孔上挂着相似的紧张表情,但他只瞥到一眼,然后他们就扭头去看那个躺在围栏边呻吟的男孩了。

泽拉比意识到自己在发抖。他摇摇晃晃地又向前走了几米,看到绿地边缘有张椅子。他在椅子上坐下,身体后仰靠在椅背上,脸色苍白,感觉很糟糕。

此事剩下的部分不是泽拉比亲口告诉我的,而是我过了一段时间才从"镰与石"酒馆的老板娘威廉姆斯太太那里听来的:

"我听见有车飞快地开过,然后是一声巨响,我向窗外一看,看见大家在跑。然后我注意到泽拉比先生走到绿地上的椅子边，步子很不稳当。他坐下来，身体朝后靠，然后头朝前耷拉下去，好像要昏过去了。所以我就穿过马路跑到他身边，等我跑到那里，发现他已经快昏过去了。但没有完全昏过去。他勉强说了几个字，'药片''口袋'什么的，声音虚弱中带着点好笑。我从他的口袋里找出药。瓶子上说吃两片，但是他看起来太糟糕了，我就给他吃了四片。

"其他人都没有注意到。他们都跑去看车祸了。嗯，那个药对他有用，大概五分钟之后我扶他进了屋，让他躺在酒吧的沙发上。他说他在那里躺着就行，只是需要休息一下，所以我就出去问车祸怎么样了。

"等我回来的时候，他的脸不像刚才那么灰了。但他还是躺在那里，像是累得不行。

"'麻烦你真不好意思，威廉姆斯太太。刚才实在吓人。'他说。

"'我觉得我还是去请医生来看看吧，泽拉比先生。'我说。可他摇了摇头。

"'不，不要叫医生。我过几分钟就好了。'他对我说。

"'我觉得你最好还是看看医生。'我说，'你可把我吓坏了。'

"'那真抱歉。'他说。但是他停顿了一会儿，又说：'威廉姆斯太太，我相信你能保守秘密吧？'

"'我觉着，别人能的话我也能啊。'我对他说。

"'那好，要是你不把这事——我的这次失态——告诉任何人，

我会非常感激你的。'

"'这不行吧,'我说,'照我的想法你应该去看医生。'

"他听我这么说摇了摇头。

"'我看过好多医生,威廉姆斯太太,收费很贵、很有名的医生。但是人变老是没办法的事,你瞧,当人越来越老,机器的部件就开始磨损了,只是这样而已。'

"'哦,泽拉比先生,你——'我正打算继续说下去。

"'别担心,威廉姆斯太太。我在许多方面还很硬朗,所以那一天一时半会可能还不会到来。但是,在此期间,我觉得有一点很重要,那就是应该尽量不给我爱的人添太多麻烦,你不这么想吗?给他们造成无谓的困扰是种冷酷的行为,我相信你一定也同意我的看法吧?'

"'嗯,是的,先生,如果你确定你身体没什么——'

"'我确定。非常确定。我已经欠你许多人情了,威廉姆斯太太。可要是你不答应我不把这事说出去,那你就一点也没帮到我。你可以答应我吗?'

"'好吧。要是你希望我这样做的话,泽拉比先生。'我对他说。

"'谢谢你,威廉姆斯太太。非常感谢。'他说。

"然后,过了一会儿,我又问他:'那么事情怎么发生的你全都看到了,先生?一定非常可怕,任何人见了都会被吓坏的。'

"'是的,'他说,'我都看到了——但我没看见车里的人是谁。'

"'是年轻的吉姆·帕维尔,'我说,'达克尔农场的那个。'

"他摇了摇头。

"'我记得他——是个很好的小伙子。'

"'是的,先生。一个很好的男孩,吉姆。不是那种野孩子。我不理解他怎么会在村里把车开得那么疯。一点都不像他会做的事。'

"他好一阵子没说话,然后才用一种奇怪的嗓音说:'车祸发生前,他撞到了那些孩子中的一个——男孩里的一个。并不严重,我认为,但他把那孩子撞飞出去了,摔到了路对面。'

"'那些孩子中的一个——'我说,然后我突然明白他在说什么。'哦,不,先生,我的上帝啊,他们不会是——'但我说到这里又停了下来,因为他正用那种眼神看着我。

"'其他人也看见了,'他对我说,'身体比我好,没那么容易受惊吓的人。我活得非常久了,要是我在我漫长的人生中曾亲眼见过蓄意谋杀,也许就不会这么震惊了……'"

但泽拉比亲口对我们讲的那个版本,到他摇摇晃晃地走到长椅处坐下就结束了。他说完后,我把目光从他身上转到伯纳德身上。从伯纳德的表情中一点也看不出他的态度,于是我说:

"你在暗示是那些孩子做的——是他们让他开车撞上那堵墙的?"

"我不是在暗示,"泽拉比遗憾地摇摇头,"我是在明确地告诉你们。我非常确定是他们做的,就像我确定是他们让母亲把他们带回这里。"

"但是那些目击证人——那些提供证据的人……"

"他们都非常清楚到底发生了什么。但听证会只要求他们说出他们确切看到的事情。"

"可要是他们如你所说的那样知道事实上——"

"嗯,知道又怎么样?如果你知道实情,又碰巧被传唤为证人,你会怎么说?在这种事件中,必须有一个官方能接受的判决结果,也就是说,一个理性人——虽说众所周知理性人只是一种虚构的存在——能接受的判决结果。假设他们以某种方式得到判决结果,说男孩是自愿自杀的,你觉得官方会允许这个结果成立吗?当然不会。官方一定会要求召开第二次听证会,以得到'合理的'判决结果,而合理的结果就是我们现在得到的判决。所以证人为什么要冒着被人认为不可靠或迷信的风险,来做这件徒劳无功的事情呢?

"假如你问我这么说有什么证据,看看现在你自己的态度就够了。你知道我因为写过几本书而小有名气,你也了解我本人,但在一个'理性人'的思维习惯面前,这些东西又有多大的价值呢?几乎没什么价值,以至于当我告诉你实际发生了什么,你的第一反应是试图找其他方式解释,证明我看到的事情并不是我看到的样子。你实在应该更理智一些,我亲爱的朋友。毕竟,当年那些孩子强迫母亲把他们带回这里时,你也在这里。"

"那和你现在告诉我的事可不太一样。"我表示反对。

"真的不一样吗?那能不能请你向我解释一下,被迫做自己不想做的事,和被迫自杀之间的本质区别在哪里?来吧,来吧,我亲爱的朋友,因为离开这儿很久了,你已经忘了这里发生过多少不可能之事。你被所谓的理性冲昏了头脑。在我们这里,几乎每天早上打开门都会发现新的不合常理的异事。"

我抓住这个机会把话题从听证会上引开。

"异事多到让惠乐斯放弃他最爱的歇斯底里论了吗?"我问。

"他死前不久放弃了那个理论。"泽拉比答。

我大吃一惊。我本想向伯纳德询问医生的情况,但话题的走向没给我这个机会。

"我还不知道他已经去世了。他那时才五十出头,不是吗?他是怎么去世的?"

"他过量服用了某种巴比妥类药物。"

"他——你不会是说他是?但是惠乐斯不是那种人……"

"我同意他不是那种人。"泽拉比说,"官方判决是他'心理失衡'。毫无疑问,这个词充满善意,但并不能解释这件事。事实上,他心理如此稳定,如果能稍微扰动其平衡还会对他有积极的好处。实情当然是,他为什么会那样做没有任何人有任何一点头绪。可怜的惠乐斯太太肯定也不知道。但这已经足够了。"他顿了顿,又说,

188

"直到我认识到小吉姆·帕维尔到底是怎么死的,我才开始怀疑对惠乐斯死因的判决。"

"你肯定不会真这么想吧?"我说。

"我拿不准。你自己也说惠乐斯不是那种人。现在事实突然证明我们在这里的生活远比我们以为的更随机和不确定。这很让人震惊。

"你瞧,我们不得不认识到,虽然在那个致命的时刻拐过街角的恰好是帕维尔家的男孩,但那个人也完全可以是安吉拉,或者其他任何人……我们突然很清楚地看到,她,或者我,或者我们中的任何人都随时可能偶然地伤害或激怒那些孩子……那个可怜的男孩并没犯什么错。他尽了最大努力避免撞到他们中的任何一个,但他没能做到——而他们为此杀了他,就因为一时的怒火和报复心。

"于是我们面临一个选择。就我自己而言——嗯,这是我这辈子遇到的最有意思的事情。我非常想继续看看事情会怎么发展。但是安吉拉还相当年轻,迈克尔也还需要她照顾……我们已经把他送走了。我在想我是不是应该也劝她离开这里。不到必须劝她走的那一刻,我并不想那么做,但我不太能判断那一刻是不是已经到了。

"最近几年我们像活在一座活火山上。理智告诉我们,一种力量在里面不断累积,迟早会有爆发的一天。可是日子一天天过去,除了偶然的小地震外并没发生什么,于是我们开始对自己说,看似不可避免的爆发也许终究并不会到来。我们开始不确定起来。我问自己——帕维尔家的男孩的事只是一次规模稍大的地震,还是大爆发开始的第一个征兆？但我也不知道这个问题的答案。

"很多年前,我比现在更敏锐地意识到危险的存在,而且为此做了许多后来看来不太有必要的计划;现在事实突然再次提醒我这里有危险,但那是否已经升级为一触即发的危险,让我有必要拆散这个家,还是仍然只是潜在的危险？"

他显然发自内心地非常担忧,伯纳德的态度中也看不出丝毫怀疑或嘲讽。这样的情景让我不得不以道歉的语气说:

"我想我离开后已经让自己逐渐淡忘了'昏迷日'的事——现在再次面对这件事,我的头脑需要一点时间适应。人的潜意识就是这样的——为了打消我的不适,它告诉我那些奇怪的事情会随着孩子们长大而渐渐消失。"

"我们都曾试图那样想,"泽拉比说,"我们曾经找出支持这种想法的证据互相鼓励——但事实并非如此。"

"但你仍然一点也没搞清他们是如何做到的——我是指,他们怎么让别人产生那种强迫性的冲动？"

"是的。这似乎相当于问:为什么一种性格的人能支配另一种性格的人。有人好像走到哪里都能支配其他人,我们都认识几个这样的人;那些孩子似乎通过合作把这种功能大大向前发展,而且能随心所欲地支配。但这些完全没有告诉我们他们是如何做到的。"

几分钟后,安吉拉·泽拉比从房子里出来,向露台走来。她看起来和我上次见到她时几乎没有任何变化。她心事重重,我能很明显地看出她费了很大的努力才把注意力集中在我们身上,而且在客套了几个来回之后,她似乎又开始走神。茶点的到来缓解了稍有些尴尬的气氛。泽拉比努力挽救冷场。

"理查德和上校也参加了听证会。"他说,"当然,判决结果和预料的一样。我想你已经听说了吧?"

安吉拉点了点头,"是的,我当时在达克尔农场和帕维尔太太在一起。帕维尔先生把这个消息带给了我们。那个可怜的女人简直失魂落魄。她非常爱吉姆。我费了很大的力气才阻止她去参加听证会。她本想去会上亲自揭发那些孩子——公开指控他们。我和李博迪先生设法劝住了她,说那样做只会给她自己和家人招来很多麻烦,而不会对任何人有好处。听证会进行的时候,我们留在那里陪她。"

"帕维尔家的另一个男孩,大卫,也在听证会上。"泽拉比告诉她,"不止一次他看起来差点就要说出来了,却被他父亲阻止了。"

"现在我怀疑,要是有人把那些话说出来,是不是反而比较好。"安吉拉说,"应该说出真相。总有一天不得不说出来。这已经不再是一条狗或者一头牛的问题了。"

"一条狗或者一头牛是什么事?我还没听说过。"我插了嘴。

"那条狗咬了一个孩子的手；一两分钟后，它冲向一台拖拉机，被撞死了。那头牛正在追着几个孩子跑，然后突然转了方向，冲过两道围栏，跳进磨坊的水塘里淹死了。"泽拉比解释道，语气异乎寻常地简洁冷淡。

"但这一次，"安吉拉说，"是谋杀。"

"哦，我并不是说他们有意造成了这个结果。很可能他们当时也很害怕、很生气，而且他们向来如此，只要其中一个人受了伤害，其他人就会盲目出击。但就算这样，这仍然是谋杀。整个村子都知道这一点，而且现在每个人都能看出，他们要逍遥法外了。我们不能放任不管，那样做代价太大了。他们甚至没有一点悔过的表现。完全无动于衷。这是最让我害怕的地方。他们就那样干了，没有任何后果。而现在，从今天下午开始，他们知道，对他们来说谋杀不会受任何惩罚。以后认真反对他们的人会遭遇什么？"

泽拉比若有所思地呷了一口茶。

"你知道，亲爱的，虽然我们应该为此担心，但是解决这个问题却并非我们的责任。就算曾经是我们的责任——这一点非常值得怀疑——当局也早就把这种责任从我们这里拿走了。眼前这位上校就代表部分当局——天知道是为什么。还有格兰奇研究所的工作人员也不可能对全村人都知道的事情一无所知。他们也会朝上递报告的。所以，不管听证会的判决是什么，当局是了解真实情况的——不过在法律范围内和'理性人'思维的限制下，当局到底能做些什么,我确实不知道。我们必须静观其变,看他们会采取什么行动。

"最重要的是,亲爱的,我郑重地恳求你不要做任何会让你和那些孩子发生冲突的事情。"

"我不会的,亲爱的。"安吉拉摇了摇头,"我很尊重他们,因为我太懦弱。"

"鸽子害怕老鹰不是懦弱,而是明智。"泽拉比说,然后他换了话题,引导大家谈些更普通的事情。

我本打算拜访李博迪夫妇和另外一两位旧友,但当我们起身离开时,很明显已经来不及了。其他朋友家只能推迟到下次再拜访,否则我们回到伦敦的时间就会大大晚于计划。

与主人作别后,我们沿着车道疾驰而去。我不知道伯纳德此刻是什么心情——事实上自进村后他就很少说话,也几乎完全没透露过自己的观点——但就我而言,我有种愉快的放松感,觉得自己终于踏上了返回正常世界的道路。我觉得米德维奇人的想法与现实只有一丝将断未断的联系,觉得自己比他们落后好几个阶段。我又回到了九年前的地方:不知如何接受孩子们的存在,不知怎么面对他们告诉我的事实。而泽拉比夫妇却早已过了那个阶段。对他们而言,所有不可能的元素都已沉入水下。他们已经接受孩子们的存在,也接受了无论他们怎么做,孩子们都对他们有生杀予夺的大

193

权。他们现在的焦虑是社会性的,担心从前人为构建的和谐共处模式是否即将崩溃。自从我在村公所里感受到那种紧张的气氛,不安的感觉便一直伴随着我。

我想,伯纳德也不可能完全不受影响。我感觉他开车穿过村子,经过帕维尔的事故现场时比平常更加小心。等我们拐过转角,上了奥普雷路,他才开始稍稍加速,然后我们看到四个人影朝我们走来。虽然距离很远,但毫无疑问是那些孩子中的四个。我一时冲动地脱口而出:

"你能停一下车吗,伯纳德?我想借这个机会仔细看看他们。"

他再次慢下来,车子几乎正好停在西科姆巷口。

四个孩子面朝我们走来。他们的衣着带有一丝制度主义的意味——男孩都穿蓝色棉衬衣和灰色法兰绒长裤,女孩都穿淡黄色衬衣和灰色百褶短裙。到目前为止,我只见过村公所门外的那两个孩子。当时我只瞥见他们的脸和背影,其他都没怎么看清。

他们越走越近,我发现他们的样貌比我预期的还要相似。四人的皮肤是同样的棕色,婴儿时期的奇异光泽已被日晒造成的深肤色掩盖了不少,但仍足够引人注目。四人都长着暗金色的头发,直而窄的鼻子,小巧的嘴。但最让人觉得他们是"异乡人"的地方也许是他们的眼睛——一种抽象的异域感,不会让人想到特定的种族或地区。我完全看不出男孩之间在样貌上的任何区别;而且,事实上,要不是发型不一样,我怀疑我也未必能确定地区分男孩的脸和女孩的脸。

很快，我终于能看到他们的眼睛了。我已经忘了他们婴儿时期的眼睛有多么摄人心魄，只记得他们的眼睛是金色的。但不只如此：他们的眼睛像闪着光的金子。确实很奇怪，但撇开这种奇怪，其实有种超凡的美，看起来就像有生命的半宝石。

他们走到我们身边时，我依然着了迷似的望着他们。他们并未怎么注意我们，只是毫不顾忌地瞥了一眼我们的车，然后就转弯进了西科姆巷。

近距离接触时，我感到他们令我不安，又说不出到底为什么。但我现在多少能理解为什么村里有些人家对孩子搬去格兰奇研究所住毫无异议了。

我们看着他们朝巷子深处走了几米，然后伯纳德伸手发动了汽车。

就在这时，附近突然传来一声爆炸，我和伯纳德都吓了一跳。我扭头去看，恰好见到其中一个男孩倒下，脸朝下摔在路上。另外三个孩子惊呆了，站在原地……

伯纳德打开车门，正要探身出去。那个站着的男孩转过身来，看着我们。那双金色的眼睛炯炯有神。我感到一阵混乱和虚弱像一股疾风般席卷了我……然后男孩的目光从我们身上离开，他的头继续转向另一边。

对面的树篱后传来第二声爆炸，比第一声音更闷——然后从更远处传来一声尖叫……

伯纳德下了车,我也走到车的另一侧跟在他身后。一个女孩在倒下的男孩身边跪下。她伸手去碰他时,他呻吟了一声,在他躺着的地方痛苦地扭动身体。那个站着的男孩脸上也露出痛苦的表情,呻吟起来,好像他的身体也在疼痛似的。两个女孩哭了起来。

然后,在巷子那头,从掩住格兰奇研究所的树木后面,涌出一阵阵古怪的声音:那是一种呻吟声,像放大了的回声,里面混着童稚的哭号和悲鸣,像一首唱给死者的挽歌……

伯纳德停住了脚步。我能感到自己头皮发麻,头发直竖……

那声音再次传来,许多人痛苦的号哭声混在一起,中间穿插着更尖锐的哭叫……然后是从巷子那边往这里跑的脚步声……

我和伯纳德都没有试图继续前进。就我自己而言,当时我被纯粹的恐惧控制,根本动弹不得。

我们站在那里,只见五六个样貌极为类似、根本不辨你我的男孩跑到倒下的男孩身边,齐心协力地把他抬了起来。直到他们抬着那男孩开始远离我们,我才注意到一种和刚才颇为不同的抽泣声,是从小巷左侧的树篱后面传来的。

我爬上土坡,透过树篱朝对面看。几米开外有个身穿夏季连衣裙的女孩跪在草地上。她双手紧紧地捂住脸,整个身体因哭泣而颤抖着。

伯纳德急忙跟上来站在我身旁,跟我一起挤过树篱。我们置身一片田野之中,看见一个男人脸朝下躺在那女孩的膝盖上,身下突出一截枪托。

我们向她走去。她听见声音后立刻止住哭声,抬头一脸惊恐地望向我们。看清我们之后那表情消失了,她又无助地哭了起来。

伯纳德走近她,把她扶了起来。我低头看了看那具尸体。那幅景象实在恐怖。我弯腰拉起死者的外套,想把那颗头剩下的部分盖住。伯纳德搀扶着女孩,领着她走开了。

路上传来一阵人声。我们走近树篱时,几个人从那边抬头看见了我们。

"是你们开的枪吗?"其中一个人问。

我们摇摇头。

"这边有具尸体。"伯纳德说。

他身边的女孩颤抖着呜咽起来。

"谁死了?"还是那个人问。

女孩歇斯底里地说道:

"是大卫。他们杀了他。他们先杀了吉姆,现在又把大卫也杀了。"又一阵悲恸涌上来,她哽咽得说不下去了。

另一个人慌忙跑上土坡。

"啊,是你,艾尔莎,姑娘!"他大声喊道。

"我想阻止他的,乔。我想阻止他的,但是他不听我的。"她一边抽噎一边说,"我知道他们会杀了他,但是他就是不听……"她语无伦次起来,紧紧靠着伯纳德,身体剧烈地抖动。

"我们得把她带走,"我说,"你知道她住在哪里吗?"

"好。"那人说着毫不犹豫地抱起女孩,仿佛她是个小孩子似的。他急匆匆地走下土坡,抱着哭个不停、颤抖不止的女孩,向车那边走去。伯纳德转向另一个男人。

"你能不能在这看守,在警察来之前别让任何人靠近?"

"好——那是大卫·帕维尔吗?"男人边问边爬上土坡。

"她说是大卫。是个年轻男人。"伯纳德对他说。

"那就是他了——那些混蛋。"男人挤过树篱,"最好打电话给特雷恩的警察,长官。他们那儿有辆车。"他瞥了一眼尸体,"那帮杀人的小混蛋。"

他们把我捎到凯尔庄园,我用泽拉比家的电话报了警。等我放下听筒,才发现他就站在我身后,手里拿着一个杯子。

"你看起来还受得住。"他说。

"我没事。"我同意他的话,"完全没想到。非常混乱。"

"究竟是怎么发生的?"他问。

我从我们相当狭窄的视角把事情经过对他描述了一遍。二十分钟后,伯纳德回来了,带来了更多消息。

"帕维尔家的兄弟似乎感情很好。"他开始说起来。泽拉比点头表示同意。"嗯,似乎是这样的,听证会成了压垮弟弟大卫的最后一根稻草。他决定,如果没有其他人愿意为哥哥伸张正义,他就亲自动手为哥哥讨个公道。

"他正准备出发的时候,那个叫艾尔莎的小姑娘——是他的女朋友——给达克尔农场打了个电话。她看见他拿着枪,猜出他要去干什么,就试图阻止他。他不听劝,为了不让她碍事还把她锁在一个棚子里,然后自己走了。

"她花了些时间才从棚子里逃出来,但她判断出他应该会去格兰奇研究所,就也朝那个方向穿过田野。她走到那片田野时一度怀疑自己弄错了,因为一开始她并没有看见他。也许他正趴在什么地方埋伏着。反正她似乎没找到他,直到第一声枪响。她听见枪响后看见他站了起来,枪口仍然对着巷子的方向。她向他跑去,可就在这时他把枪口掉过来对着自己,拇指放到扳机上……"

泽拉比继续若有所思地沉默着,又过了一会儿,他说:

"从警察的角度看,这是个足够清楚的案子。大卫认为那些孩子该为他哥哥的死负责,所以他杀了其中一个孩子给哥哥报仇,然后为了逃避惩罚而自杀了。显然是他心理失衡了。一个'理性人'还能怎么想呢?"

"我之前也许还有点怀疑。"我承认道,"但现在不了。那个男孩看我们的眼神!我相信,有那么一瞬间,他觉得是我们两人中的一个干的——我是说开了那一枪——只有一瞬间,然后他发现不可能是我们。我没法形容那种感觉,只持续了一瞬间,但是非常吓人。

你当时也感觉到了吗?"我问伯纳德。

他点点头。"一种奇怪的、虚弱的、溺水一样的感觉。"他表示同意,"非常绝望。"

"那感觉就——"我止住话头,突然想起了什么,"天哪,我忙着说其他事,忘了告诉警察有个男孩受了伤。我们是不是该给格兰奇研究所叫辆救护车?"

泽拉比摇了摇头。

"他们那儿的工作人员里有专门的医生。"他对我们说。

他又在沉默中思考了整整一分钟,然后叹了口气,摇摇头,"我不太喜欢这样的发展,上校,一点也不喜欢。这看起来像一场血海深仇的开端,你怎么看,是我想多了吗?"

第十七章
米德维奇奋起抗议

由于警方要我和伯纳德录口供,凯尔庄园把晚餐推迟了。录完口供,我已经很饿了。泽拉比夫妇还邀请我们留下过夜,这也让我很感激。枪击案让伯纳德放弃了回伦敦的计划,他决定随时待命,就算不留在米德维奇,也不会去比特雷恩更远的地方。这样我便只剩两个选择:要么留下来陪他,要么坐很久的火车回去。而且,我觉得自己下午对泽拉比的怀疑态度已近乎失礼,借这个机会留下来做些弥补也很不错。

我呷了一口雪莉酒,心里有点羞愧。

"你不能,"我对自己说,"你不能争辩或者硬说这些孩子及他们身上的特质不存在。既然存在,就一定有某种解释。你能接受的常理都解释不了。所以,解释肯定涉及你目前尚不能接受的观点,不管这令你多不舒服。不管这种解释是什么,都会激起你的成见。记住这一点，如果本能的成见浮出水面，就把它狠狠砸回去。"

然而，吃晚餐的时候我并不需要警觉地玩这种打地鼠的游戏。泽拉比夫妇无疑认为我们今天受的惊吓已经够多了，所以努力不让话题触及米德维奇和这里的麻烦。伯纳德仍有些心不在焉，但我很感激主人的体贴。晚餐在泽拉比的演说中结束，他大谈形式和风格的波动，以及为遏制新一代人的颠覆性能量，社会应定期进行严格约束。我听着这些话，觉得心情比开饭时平静了许多。

然而，我们回到客厅后不久，李博迪先生的造访又把米德维奇的奇异问题重新摆到我们面前。休伯特牧师心事重重，我觉得他看起来老了远远不止八岁。

安吉拉·泽拉比叫人再倒一杯咖啡给他。他边喝咖啡边试图跟我们闲聊，虽然前言不搭后语，但显然已尽了极大努力。喝完咖啡后，他放下空杯，似乎再也不能忍耐，要把心里的话一股脑儿地倒出来。

"我们必须，"他对我们所有人宣布，"必须做点什么。"

泽拉比若有所思地看了他一会儿。

"我亲爱的牧师先生，"他温和地提醒道，"这句话我们每个人都已经说了好多年了。"

"我的意思是必须尽快做点什么，不能再犹豫了。我们已经尽了最大的努力，给那些孩子找到一个属于他们的地方，保持某种平衡——而且，考虑到各种因素，我认为我们做得还不算坏——但是一直以来,这些措施都是临时的、即兴的、凭经验办的,事情不能再这样下去了。我们必须得有一套能约束那些孩子的法律,得想办法让法律能惩戒他们,就像惩戒我们其他人一样。如果他们看到法律不能伸张正义,就会蔑视法律,这时其他人会感到,除了私下复仇没有其他保护自己的手段。今天下午的情况就是这样。而且即便我们能成功渡过这次危机,不遇上什么大麻烦,不久之后也一定会出现下一次危机。当局通过法律途径给出判决也没有用,因为人人都知道判决是错的。今天下午的判决是场闹剧,而且村里人都知道帕维尔家的弟弟的死因,听证会也会是场闹剧。绝对有必要立刻采取措施,让那些孩子受法律约束,要赶在更大的麻烦发生之前。"

"我们早就预见到会出这类麻烦,你应该记得吧?"泽拉比提醒他,"我们甚至发了一份关于这个问题的备忘录给这边的这位上校。我必须承认,我们没想到会发生像今天这么严重的问题——但我们确实提过有必要以某些手段确保那些孩子遵守正常的社会规则和法律规则。结果怎么样呢?你,上校,把备忘录转交到上级部门,最终我们收到一份回复,对我们的担忧表示感谢,并向我们保证,相关部门已经派社会心理学家负责教育和引导那些孩子,并对那些专家的能力充满信心。换句话说,他们认为他们没法控制那些孩子,只能寄希望于经过适当的训练,孩子们不会闹出什么严重的乱子——不过,在这一点上,我必须承认,我是同情当局的,因为不管是什么规则,如果那些孩子选择不遵守,我至今也想不出我们如何能强迫他们遵守。"

李博迪先生双手的手指扭绞在一起,一副非常可怜和无助的样子。

"但是我们必须做点什么。"他重申,"这种事情只要发生一次,就到了没法坐视不管的地步,恐怕现在危机已经如箭在弦了。这不是理性能解决的问题,这是种更原始的问题。今天晚上,村里的男人几乎都在'镰与石'酒馆。没有人召集会议,他们自发地聚到了那里。而大部分女人都在互相串门,三五成群地窃窃私语。大家一直想找到一个借口,这次事件就是——或者可能会是——这么一个借口。"

"借口?"我插嘴道,"我不太明白——"

"那些孩子是'布谷'。"泽拉比解释道,"你不会真以为村里的男人们真心喜欢过他们吧?他们表面上若无其事,那主要是为了他们的妻子。考虑到他们潜意识中必然从未熄灭的怒火,他们的表现已经非常值得赞扬——有一两件事,比如哈里曼的事,让他们不敢碰那些孩子,也许这会稍微降低他们值得嘉奖的程度。

"而女人们——至少大部分女人——并不这么觉得。事到如今,她们都很清楚从生物学的角度看,那些甚至不是她们的孩子。但她们毕竟经历了孕育他们的麻烦和痛苦,就算她们对被迫怀孕的事情深恶痛绝——她们中的一部分人确实这么想——也无法随意剪断和忘却这种联结。还有另一些女人——嗯,比如奥格尔小姐就是一个很好的例子。就算那些孩子头上有角，身上有尾巴和蹄子，奥格尔小姐、兰姆小姐和其他一些女人依然会对他们宠爱有加。但是男人不一样，你最多只能指望他们容忍这些孩子。"

"这一直非常困难，"李博迪先生补充道，"这事直接破坏了正常的家庭关系。几乎没有一个男人不恨这些孩子。我们一直在缓和局势，但我们也只能做到这一步了。男人们的愤怒就像一团暗火，一直在冒烟……"

"而你认为帕维尔的事情就是触发这场致命火灾的火星？"伯纳德问。

"有可能。就算这次不烧起来，下次也会有别的事情让它烧起来。"李博迪先生绝望地说，"要是我们能做点什么就好了，在一切都太迟之前。"

"我们没什么能做的，我亲爱的朋友。"泽拉比斩钉截铁地说，"这我早就告诉过你了，现在你也该开始相信我了。你已经做了大量很出色的平息和安抚工作。但不管是你还是我们中的任何人，都不可能做任何更本质的工作，因为主动权并不在我们手里，而在那些孩子手里。我想我对他们的了解不比任何人少。我一直在教他们东西，而且从他们还是婴儿的时候起就尽力尝试了解他们，但我几乎一无所获——格兰奇研究所的那些人也不比我更成功，不管他们把这一点掩饰得多好。我们甚至无法预测那些孩子会做什么，因为我们不理解他们，他们想要什么，他们如何思考，我们连最粗略的了解都没有。对了,那个被枪打中的男孩怎么样了?他的伤势轻重也许会影响事态的发展。"

"其他孩子不肯让他被带走。他们把救护车遣走了。格兰奇研究所的安德比医生在那里照看他。有不少弹片需要取出来,但医生认为他会没事的。"牧师说。

"我希望他说得对。不然我们就会面对一场真正的血海深仇。"泽拉比说。

"我感觉血海深仇已经开始了。"李博迪先生不快地说。

"还没有,"泽拉比坚持自己的意见,"只有两方都动手才算血海深仇。到目前为止,发起攻击的只有村里人。"

"难道你要否认那些孩子谋杀了帕维尔家的两兄弟?"

"我不否认,但那不算主动攻击。我对那些孩子有些经验。第一个案子是他们中先有人受伤,他们的行为是本能的反击;第二个案子也一样,也是防卫性的行为——别忘了还有第二支上了膛的枪,随时准备射向他们中的某个人。两个案件中他们的反应都太过激了,这一点我承认,但是从他们的意图看,这属于误杀,而不是谋杀。两次都是对方挑衅在先,他们不是挑衅方。事实上,这两个案件中试图蓄意谋杀他人的人只有一个,那就是大卫·帕维尔。"

"如果因为有人开车撞到你,你就杀了他,"牧师说,"在我看来这就是谋杀,而且我认为这就是挑衅。大卫·帕维尔也认为这就是挑衅。他等待法律伸张正义,但是法律让他失望了,所以他决定自己动手解决。这算蓄意谋杀吗？——还是算蓄意伸张正义？"

"不管这是什么，肯定不是伸张正义。"泽拉比坚定地说，"这是寻仇。为了报复孩子们共同犯下的事，他试图从孩子们中随机挑一个杀掉。我亲爱的朋友，这些事件真正说明的是，某个特定种族为了自己方便而逐渐演化出的法律，从性质上看只适合用于约束该种族的能力——而对于具有不同能力的其他种族，这些法律根本就不适用。"

牧师沮丧地摇了摇头。

"我拿不准，泽拉比——我实在拿不准——我像身在一个泥潭里。我甚至不能确定该不该怪那些孩子犯了谋杀罪。"

泽拉比扬起了眉毛。

"上帝说，"李博迪先生引用《圣经》里的话，"'我们要照着我们的形象、按着我们的样式造人。'很好，那么这些孩子算什么？他们是什么？上帝说的形象不是外在的形象，否则每一尊雕像都算是人了。他说的是内在的形象，是灵魂和精神。但是你告诉我，这些证据开始让我相信你说得对，这些孩子没有个体的灵魂——他们共享一个男人的灵魂和一个女人的灵魂，这两个灵魂都比我们所能理解的强大得多。那么，他们是什么？他们不可能是我们所知道的人类，因为他们的内在形象和人类不同——是按别的形象造出来的。他们有人类的外貌，却没有人类的内在。既然他们是另一种生物，而谋杀的定义是对同类的杀戮，那么事实上我们杀死他们中的一个还算是谋杀吗？看起来不该算。

"从这一点出发，我们必须更进一步。因为，既然杀死他们不算谋杀，不必禁止，那我们该采取何种态度对待他们呢？目前，我们承认他们有所有真正人类该有的特权。我们这样做对吗？既然他们是另一个物种，我们难道不是完全有权——事实上甚至或许还有义务——去和他们战斗，以保护我们自己的物种吗？毕竟，假如我们在人群中发现危险的野生动物，该怎么做是非常清楚确切的。我拿不准……就像我说的，我像身在一个泥潭里。"

"确实，我亲爱的朋友，你确实在一个泥潭里。"泽拉比表示赞同，"就在几分钟前，你还有些激动地告诉我那些孩子谋杀了帕维尔家的两兄弟。结合你后来的主张，你似乎认为他们杀我们是谋杀，而我们杀他们却是别的什么。这让人不禁觉得，任何一个法官，不管是世俗的还是教会的，都会认为这样的主张在伦理上不尽如人意。

"我也不能完全理解你关于'相似性'的论断。如果你的上帝纯粹是地球上的上帝，那么你无疑是对的——因为不管我们如何反对，现在已经无法否认这些孩子是以某种形式从'地球以外'的地方被带到了这里；除此之外，他们没法来自其他什么地方。但是，根据我的理解，你的上帝是全宇宙的上帝，他掌管所有恒星和行星。那么，他肯定拥有某种宇宙的'形象'？如果我们想象他只能以适合我们这个不太重要的特定星球的形象来展示自己，难道不是太过虚荣自大了吗？

"你我看待这个问题的方式注定会有很大的区别，但是——"

他说到这里突然中断了，因为外面的大厅里传来愤怒的喊叫声。泽拉比疑惑地看向妻子。可两人都还没来得及行动，门就被突然推开，站在门口的是布兰特太太。她只对泽拉比夫妇敷衍地说了句"抱歉"，便冲到李博迪先生身边，一把拉住他的袖子。

"哦，先生。你必须马上跟我去。"她上气不接下气地对他说。

"我亲爱的布兰特太太——"他开口打算说点什么。

"你得马上去，先生。"她重复了一遍，"他们都要往格兰奇研究所去了。他们要把那地方烧掉。你必须马上去阻止他们。"

李博迪先生呆呆地盯着她，而她继续拉着他的袖子。

"他们现在就要动身了，"她绝望地说，"你能阻止他们的，牧师先生。你必须阻止他们。他们要把孩子们烧死。哦，快点。求求你。求求你，快点。"

李博迪先生站起身来，转向安吉拉·泽拉比。

"很抱歉。我想我最好——"他刚开始向主人道歉，就被布兰特夫人的拉扯打断了。

"有人报警了吗？"泽拉比问。

"有——没有。我不知道。警察不可能及时赶到那里。哦，牧师先生，求求你快点！"布兰特太太边说边把他强行拉出了门。

剩下我们四人面面相觑。安吉拉快步走到屋子另一端，迅速关上了门。

"我最好跟去支援他，我想。"伯纳德说。

"我们也许能帮上些忙。"泽拉比边赞同边转身跟上，我也走过去加入他们。

安吉拉坚定地背对门口站着。"不，"她断然说道，"如果你们想做点有用的事，就打电话报警。"

"你可以打电话报警，亲爱的。我们去——"

"戈登，"她说，声音非常严厉，仿佛在训斥一个小孩，"停下来好好想想。韦斯科特上校，你过去只会火上浇油，他们认为你是代表那些孩子的利益的。"

我们都站在她面前，既惊讶又有点羞愧。"你在害怕什么，安吉拉？"泽拉比问。

"我也不知道。我怎么可能知道？——但上校可能会被他们私刑处死的。"

"但这很重要，"泽拉比抗辩道，"我们知道那些孩子能对个人做什么，我想看看他们怎么对付一群人。要是他们的做法和平时一样，他们只要行使意志力让整群人掉头离开就行。最有意思的是我想看看他们会不会——"

"胡闹。"安吉拉毫无感情地说，她的语气如此坚定，泽拉比不禁眨了眨眼睛。"那根本不是他们平时的做法，这一点你很清楚。否则他们只要让吉姆·帕维尔停车就好，只要让大卫·帕维尔第二枪朝天打空就好。但他们没有这么做。他们从不满足于阻止攻击——他们总是报复性地反击。"

泽拉比又眨了眨眼。

"你说得对,安吉拉。"他惊讶地说,"我从未想到这一点。他们确实总是过激地报复。"

"是的。不管他们怎么对付一群人,我都不希望你在那群人里。你也一样,上校。"她补充道,这话是对伯纳德说的,"我们需要你,需要你来帮我们解决这个麻烦,当初造成这个麻烦你也有份。你在这里我很高兴——至少现场有个目击证人,你的话会被当真。"

"我也许可以去观察一下——或许站在远一点的地方?"我温顺地提议。

"如果你还有理智,就知道应该留在这里,远离危险。"安吉拉毫不客气地回答我,然后又转向丈夫,"戈登,我们这是在浪费时间。你能不能打电话到特雷恩,看看有没有人已经通知了那边的警方,顺便叫一辆救护车?"

"救护车!叫救护车是不是有点——呃——太早了?"泽拉比抗议道。

"'如果他们的做法和平时一样'这个说法是你提的——但你似乎并没有仔细考虑过那意味着什么。"安吉拉答道,"但我考虑过了,所以我才说要叫救护车。如果你不叫,那么我去叫。"

泽拉比拿起电话听筒,活像个被训得服服帖帖的小男孩。他对我说：

"我们甚至不知道——我是说，我们掌握的所有信息不过是布兰特太太的几句话——"

"如果我没记错，布兰特太太是非常可靠的人。"我说。

"你说得对。"他承认道，"嗯，我最好还是冒这个险。"

打完电话后，他若有所思地把电话放回原处，并且盯着它看了一会儿。然后，他决定再做一次尝试：

"安吉拉，亲爱的，如果我能谨慎地站在稍远一点的地方，你难道不觉得……毕竟，我是孩子们信任的人之一，他们是我的朋友，而且——"

但安吉拉毫不动摇地打断了他。

"戈登，别想用那些胡说八道唬住我。你只是好奇心重想去看个究竟。你非常清楚，那些孩子没有朋友。"

第十八章
对一个孩子的访谈

第二天早晨,温郡警察局长来访凯尔庄园,正赶上一杯马德拉酒配饼干的时候。

"抱歉为这事麻烦你,泽拉比。这事真要命——非常可怕。根本没法理解。在我看来,你们村里没有一个人能说出个所以然。我想也许你能用我听得懂的话描述一下前因后果。"

安吉拉把身子向前探。

"真实伤亡数字怎么样,约翰爵士? 我们还没听到任何官方消息。"

"恐怕非常糟糕。"他摇了摇头,"三男一女死了。八男五女在医院里,其中两男一女情况很不好。还有好几个男人虽然没进医院,但是看上去也很应该住进去。从各方面看,这都像是一场普通的暴乱——大家互相斗殴。但是为什么呢? 这是我不明白的地方。没有人能说出个所以然。"他再次转向泽拉比,"既然是你报的警,通知他们要出麻烦了,那么如果你能告诉我你为什么报警,会对我们很有帮助。"

"这个嘛,"泽拉比谨慎地开了口,"当时的情况比较奇怪——"

他太太插嘴打断了他:

"是铁匠的太太布兰特夫人。"她说。她接着描述了牧师怎么被布兰特夫人叫走。"我相信李博迪先生能告诉你的比我们更多。你瞧,他在那里,我们不在。"

"他当时确实在那里,然后不知怎么回了家,但是现在他在特雷恩的医院里。"警察局长说。

"哦,可怜的李博迪先生。他伤得重吗?"

"这个恐怕我也不知道。那里的医生说暂时不能去打扰他。那么,"他再次转向泽拉比,"你告诉我的手下,一群人正在向格兰奇研究所进发,打算放火烧了那里。你的信息来源是什么?"

泽拉比看上去很惊讶。

"什么? 是布兰特太太啊。我太太刚才已经告诉过你了。"

"你只是听说而已! 你没有自己出去看看外面在发生什么吗?"

"呃——没有。"泽拉比承认。

"你是说,就因为一个处于半歇斯底里状态的女人说了几句无凭无据的话,你就叫来了警察,一大堆警察,还跟他们说这里需要救护车?"

"是我坚持让他叫救护车的。"安吉拉对他说，语气里带着一丝寒意，"而且我的判断完全正确。这里后来确实需要救护车。"

"但就因为一个女人说——"

"我认识布兰特太太很多年了。她是个很理智的女人。"

伯纳德插嘴道：

"要不是泽拉比太太不让我们出去看个究竟，我非常确定我们现在要么在医院里，要么更糟糕。"

警察局长看着我们。

"我昨天夜里可累坏了。"最后他终于开口说道，"也许我没听懂你们的意思。你们的意思似乎是：这位布兰特太太来这里告诉你们，村民们—— 一群普普通通的英国男人和英国女人，我们温郡的好居民——正准备去冲击一所满是孩子的学校，而且还是他们自己的孩子，然后——"

"不完全是这样的，约翰爵士。是男人们要冲击学校，也许还有部分女人，但我认为大部分女人反对这样做。"安吉拉提出异议。

"行。那么这些男人，一群普通、体面的乡下男人，打算放火烧掉一座里面全是孩子的学校。你们对这种说法毫不质疑。你们立刻接受了这么一件匪夷所思的事情。你们没有试图核实，也没有打算亲自去看看到底怎么回事。你们直接打电话报警，就因为布兰特太太是个理智的女人？"

"是的。"安吉拉冰冷地说。

"约翰爵士，"泽拉比以同样冷淡的语气说，"我知道你忙了一整夜，也同情你的官方立场。但我认为，我们的谈话要想继续下去，就得换一种方式。"

警察局长脸上泛起一点红晕。他垂下目光，用一只大大的拳头使劲揉着前额。他先向安吉拉道歉，又向泽拉比道了歉，然后近乎可怜地说：

"可是我什么信息也没掌握。我已经到处问了好几个小时，一点头绪也找不到。没有任何迹象表明这些人打算烧了格兰奇研究所：他们根本没动过它一砖一瓦。他们只是互相斗殴，主要是男人，也有几个女人——但是，是在格兰奇研究所的场地上斗殴。为什么？并不是女人试图让男人们住手——似乎也不是一些男人试图让另一些男人住手。不是的，看起来他们都从酒吧出发，一起去了格兰奇研究所，没有谁打算阻止谁，除了牧师，但他们不听他的，还有几个支持牧师的女人。但这一切究竟是为什么？起因似乎跟学校里的孩子们有关——但那种事怎么可能造成这样的骚乱呢？这实在说不通，一点儿都说不通。"他摇了摇头，沉思了一会儿，"我记得上一任警察局长，老博杰，说米德维奇有些很古怪的东西。啊，上帝，他可没说错。可是到底是什么东西？"

"在我看来，我们能帮上的最大的忙就是介绍你和韦斯科特上校谈谈。"泽拉比提议，并且指了指伯纳德。他又稍带一丝恶意地说："他们部门一直对米德维奇很感兴趣，至于原因，九年来我始终没有搞清楚。因此他可能比我们米德维奇人更了解米德维奇的情况。"

约翰爵士把注意力转向了伯纳德。

"那请问你是哪个部门的呢,先生?"他问。

伯纳德的回答让他的眼珠微微突了出来。他看起来像一个希望上帝赐他力量的人。

"你是说军情部门?"他不带感情地问。

"是的,先生。"伯纳德说。

警察局长摇了摇头。"我放弃了。"他回头看了看泽拉比,表情像一头再加两三根稻草就要被压垮的骆驼。"现在军情部门也掺和进来了。"他自言自语地说。

就在警察局长到达凯尔庄园的几乎同一时刻,那些孩子中的一个——是个男孩——正沿着格兰奇研究所的车道不慌不忙地朝前走。站在大门口的两个警察本来正聊着天,见他走来便止住了话头。其中一个警察转过身,走到男孩面前。

"你要去哪里,孩子?"他足够和蔼地发问。

男孩面无表情地看着警察,那双奇异的金色眼睛却很警惕。

"去村里。"他说。

"你最好别去。"警察建议道,"现在他们对你们可不大友好——昨晚发生那种事情之后,不大友好。"

可男孩没有答话,也没有停下脚步。他只是继续向前走。警察转头走回大门口,他的同事不解地看着他。

"哎哟,"他说,"你这工作完成得可真快,是不是?我还以为咱们的任务是劝他们别去危险的地方呢。"

第一个警察一脸迷惑地望着男孩已经走进小巷的背影。他摇了摇头。

"好奇怪,刚才,"他不安地说,"我不理解。要是过会儿再来一个,换你去试试,伯特。"

一两分钟之后,来了一个女孩。她也以那种自信而随意的方式走着。

"好,"第二个警察说,"就是给他们提点建议,态度像爸爸对孩子一样。你瞧我的。"

他动身走向女孩。

大约四步之后,他又转身走了回来。两个警察并肩站着,看她从他们身边走过,进了巷子。她连看也没看他们一眼。

"怎么可能?"第二个警察用迷惑不解的语气问。

"有点不对劲,不是吗?"另一个警察说,"你本来要做一件事,结果却做了另一件事。我可不喜欢这种感觉,嘿!"他对着女孩的背影叫道,"嘿!你,小姐!"

女孩并没有回头。他开始追赶,但只跑出五六米,就一动不动地僵在原地。女孩在巷子里转了个弯,从他们的视线里消失了。警察的身体松弛下来。他转身走回原地,呼吸急促,脸上露出不安的表情。

"我实在不喜欢这种感觉,"他不快地说,"这地方有什么古怪的东西……"

从奥普雷经斯托奇开往特雷恩的公共汽车停在了米德维奇,车站就在威尔特太太的商店对面。十来个等车的妇女先让两个乘客下车,然后排着歪歪扭扭的队伍向前走。打头的拉特利小姐拉住扶手,准备上车。但她再也没有踏出下一步。她的双脚仿佛突然被胶水粘在地上了。

"麻烦你快一点。"售票员说。

拉特利小姐又试了一次,结果并不比上次成功。她抬头无助地看着售票员。

"那你站在一边,让他们先上,女士。我过会儿去拉你一把。"他对她说。

看起来相当迷惑的拉特利小姐听从了他的建议。多莉夫人上前走到她的位置上,伸手抓住扶手。她同样没能再往前一步。售票员伸手抓住她的胳膊,把她朝上拉,但她怎么也没法抬脚踏到台阶上。她走到拉特利小姐身边,两人一起看下一位乘客进行了一番同样无果的登车尝试。

"你们在搞什么? 跟我开玩笑?"售票员问。然后他看到了三位女士脸上的表情。"对不起，女士们。我无意冒犯。但你们到底怎么了？"

注意到那些孩子中的一个在附近的是拉特利小姐。她本来在看第四个乘客徒劳地试图登车，转头发现那孩子正随意地坐在"镰与石"酒馆对面的上马石上，脸朝向她们，一条腿懒洋洋地晃着。她离开公共汽车边的那群乘客，朝他走去，边走边仔细地端详他。即便如此，她开口时语气仍带着一丝不确定。

"你不会是约瑟夫吧，是吗？"

男孩摇了摇头。她继续说道：

"我要去特雷恩看福尔莎姆小姐，约瑟大的母亲。她咋天晚上受伤了，现在正在那里住院。"

男孩继续看着她，非常轻微地摇了摇头。拉特利小姐眼中涌起了愤怒的泪水。

"你们造的孽还不够吗？你们是一群怪物。我们不过是想去看看受伤的朋友——而且就是因为你们做的那些事他们才会受伤。"

男孩什么也没说。拉特利小姐冲动地朝他迈了半步，但又自己停了下来。

"你难道不明白吗？你难道没有一点人类的感情？"她用颤抖的声音说。

在她身后，售票员正用半是不解半是打趣的语气说：

"动一动吧，女士们。该拿主意了。这辆老车又不咬人，你们知道的。也不能叫我在这儿等上一整天呀。"

那群妇女依然犹豫不决地站着,其中有几个看起来很害怕。多莉夫人又试了一次。依然没一点用处。两位妇女转过头愤怒地瞪着男孩,而他以无动于衷的目光回敬她们。

拉特利小姐无助地转身,从男孩身边走开。售票员开始不耐烦了。

"喂,要是你们不上车,我们就要走了。我们得按时刻表来,你们知道的。"

没有一个人动。他断然地摇响了铃,公共汽车启动了。售票员看她们落寞地跟在车后走着,摇了摇头。他一边朝车头走,想去和司机说几句话,一边自言自语地念着本地的一句俗话:

"奥普雷人头脑灵,斯托奇人嘴巴甜,而米德维奇人是帮傻头傻脑的疯子。"

自打两个家庭产生无法修复的裂痕,波莉·拉什顿便从自己家跑到叔叔家,在米德维奇教区里成了牧师的左膀右臂。现在,她正开车送李博迪夫人去特雷恩看望丈夫。医院已经给她们打过电话,宽慰她们说牧师在骚乱中受的伤虽然不舒服,但并不算严重:不过是左桡骨一处骨裂,右锁骨一处骨折,外加几处挫伤,但他现在需要静养。他很乐意接受她们的探望,好对自己不在时村里的事项做些安排。

然而,车刚开出米德维奇一百八十米,波莉便突然刹住车,开始掉转车头。

"我们忘了什么东西吗?"李博迪夫人惊讶地问。

"没有。"波莉对她说,"我就是不能向前开了,没别的。"

"不能?"李博迪夫人把那两个字重复了一遍。

"不能。"波莉说。

"哦,真的吗?"李博迪夫人说,"我还以为在这样的时刻……"

"朵拉姊姊,我说我'不能',不是我'不想'。"

"我不懂你在说什么。"李博迪夫人说。

"好吧。"波莉说。她往前开了几米,然后调转车头再次朝向远离村子的方向。"现在我们换一换位置,你来试试。"她对李博迪夫人说。

李博迪夫人不情愿地坐上了驾驶座。她不喜欢开车,但接受了这个挑战。两人再次向前,但开到波莉刚才刹车的地方,李博迪夫人也刹了车。身后传来一阵喇叭声,一辆印着特雷恩地址的货车从她们身边挤过。两人目送货车消失在前方的转角处。李博迪夫人试图踩油门,脚却停在半空中就是踩不上去。她又试了一次。她的脚无法触到油门。

波莉环顾四周,发现一个孩子半隐半现地坐在树篱里看着她们。她仔细看了看那女孩,辨认她是那些孩子中的哪一个。

"朱迪,"波莉喊出这个名字后心里突然生出一阵疑虑,"是你弄的吗？"

女孩几不可见地点了点头。

"但你不可以这样，"波莉抗议道，"我们想去特雷恩探望休伯特叔叔。他受伤了。他在医院里。"

"你们不能去。"女孩对她说，语调中微微有一丝歉意。

"可是，朱迪。他不在的这一阵子，有许多事情必须得交代给我。"

女孩只是缓缓地摇了摇头。波莉感到心里的火气上来了。她吸了一口气，打算再次开口，但李博迪夫人紧张地插了嘴：

"别惹她，波莉。昨天晚上我们大家得到的教训还不够吗？"

她提议掉头回家。波莉没再说什么。她坐在车里，瞪着树篱里的孩子，一团挫败的情绪在她心里像污泥一样翻滚，让她的眼里泛起了恼恨的泪水。

李博迪夫人成功地找到倒车挡，把控制杆拉到那里。她试探着把右脚向前伸，发现这次毫不费力地踏上了油门。她们向后倒了几米，然后两人又交换了座位。波莉把车开回了牧师宅，一路没有人说话。

在凯尔庄园，我们依然没能把警察局长打发掉。

"但是，"他眉头紧锁地抗议道，"我们的信息符合你们原先的说法：村民正向格兰奇研究所进发，打算放火烧了那里。"

"他们确实这么打算。"泽拉比表示同意。

"可你又说格兰奇研究所的那帮孩子才是真正的罪魁祸首——事情是他们挑起的。韦斯科特上校也同意这个说法。"

"确实如此。"伯纳德表示赞同,"但恐怕我们对此无能为力。"

"你是说,没有证据?这个嘛,寻找证据是我们的工作。"

"我不是说没有证据。我是说按照法律无法归责。"

"听着,"警察局长说,那股认真负责的耐心实在可嘉,"四个人被杀了——我再重复一遍,被杀了;十三人受伤住院了;还有一些人也被打得不轻。这可不是那种我们可以耸耸肩说句'真遗憾'就放在那里任它不了了之的事情。我们必须把整件事公之于众,找出责任方,对他们提出指控。你必须认识到这一点。"

"那些孩子非常不同寻常——"伯纳德开口说道。

"我知道,我知道。有很多不是正常的婚生子女。我接任的时候老博杰都跟我说了。功能也不是很正常——为他们专门开了特殊学校,等等。"

伯纳德想叹气,又把那口气咽了下去。

"约翰爵士,开特殊学校不是因为他们低能,是因为他们跟普通孩子不一样。他们对昨晚的事情确实负有道义上的责任,但道义责任不等于法律责任。你没办法对他们提起任何指控。"

"对未成年人也可以提起指控,或者对他们的监护人。你总不至于告诉我,一群九岁孩子能以某种方式——要是我知道是什么方式就好了——挑起暴乱,让人被杀,然后拍拍屁股走人,不用负任何责任! 这太荒谬了吧!"

"但我已经说了好几次,这些孩子跟普通孩子不一样。他们的年龄不能作为参考——除了说明他们是儿童,而这可能意味着他们的行为会比意图更加残忍。法律没法制裁他们——而且我的部门也不希望他们被公开。"

"荒谬!"警察局长反驳道,"我听说过那种花里胡哨的学校。说是孩子绝不能,那个词叫什么来着——不能受挫折。什么自我表达,男女同校,全麦面包,还有其他各种花样,全是他妈的胡说八道! 要是他们接受正常教育,就不会因为觉得自己与众不同而受到这么大挫折。可要是某些部门认为,就因为一所那样的学校恰好是政府开办的机构,里面的孩子就能被法律区别对待,就能随心所欲地——嗯,不受管束——那么他们很快就会发现事实并非如此。"

泽拉比和伯纳德交换了无望的眼神。伯纳德决定再试一次。

"约翰爵士,这些孩子有很强的意念力——强到十分惊人的程度——强到他们行使这种力量时足以被视作一种对他人的胁迫。然而,到目前为止,法律从未遇到过这种特殊形式的胁迫。法律对这种胁迫一无所知,因此也就无法辨识界定它。于是,因为这种胁迫在法律上并不存在,在法律上就不能说那些孩子有能力施加这种胁迫。所以,从法律角度看,被大众舆论归咎于他们的这些罪行必然:(a)从未发生过;或者(b)是由其他人犯下的,或者是以其他手段犯下的。在法律范畴内，没有办法在那些孩子和昨晚的罪行之间建立任何联系。"

"可是就是他们做的，至少你们全都是这么告诉我的。"约翰爵士说。

"从法律角度看他们什么也没有做。而且，更重要的是，就算你找到一个罪名起诉他们，也不会有任何收获。他们会对你的警员施加这种胁迫。你既不能逮捕他们，也不能拘留他们，你试试就知道了。"

"这些细枝末节的问题我们可以丢给律师伙计们解决——那是他们的工作。我们只要找到足够的证据申请逮捕令就行。"警察局长试图让他宽心。

泽拉比盯着天花板的一角，一脸无辜地走起神来。伯纳德一副放弃了的样子，心里说不定正在不紧不慢地从一数到十。我轻轻地咳嗽了一声，然后自觉有些尴尬。

"格兰奇研究所的那位校长——叫什么来着——托伦斯？"警察局长继续说道，"就是那地方的头儿。要是有人得为孩子们的行为负责的话，就是他必须负官方责任。我昨天晚上见到那家伙了。我觉得他说话躲躲闪闪的。当然这里的每个人都躲躲闪闪的。"他看了我们一圈，没有任何人愿意对上他的眼神，"但他肯定没帮上我们任何忙。"

"托伦斯博士不是校长，是一位杰出的精神病专家。"伯纳德解释道，"我想，在听取其他专家的意见之前，他可能对如何正确处理此事有很大的疑虑。"

"精神病专家？"约翰爵士以怀疑的语气把这个词重复了一遍，"你不是说这个地方不是收治低能儿童的吗？"

"确实不是。"伯纳德耐心地重复道。

"我看不出他有什么好疑虑的。事实并没有任何疑问，对不对？警察来问讯的时候，说出事实就行了：如果不说实话，你就会有麻烦——所以你应该说实话。"

"事情并没那么简单，"伯纳德答道，"也许他觉得不能随意透露他工作内容的某些方面。我想如果你带上我一起再去见他一次，他或许会更愿意开口——而且能把情况比我解释得清楚得多。"

他说完这话就站了起来。我们也都站起身来。警察局长十分生硬地告了辞。伯纳德用法语和我们说再会时右眼闪过一丝几不可见的笑意，然后他便把警察局长送出了房间。

泽拉比一屁股坐进安乐椅里，然后深深地叹了口气。他心不在焉地找着他的烟盒。

"我还没见过托伦斯博士，"我说，"但我已经非常同情他了。"

"没这个必要，"泽拉比说，"韦斯科特上校守口如瓶的方式虽然令人恼火，却是被动的。而托伦斯拒绝开口的方式一向很主动。要是他现在不得不让约翰爵士彻底明白局势，那简直是报应不爽。

"但现在更让我感兴趣的是你们韦斯科特上校的态度。那里的壁垒已经比以前低了不少。如果他甚至愿意用约翰爵士听得懂的话对他解释，那我相信他也许会对我们所有人透露点什么。我在想这是为什么。在我看来这正是他一直极力避免的情况。米德维奇这个袋子几乎已经装不下那只越长越大的猫了。那么，为什么他看起来并不那么担心？"他陷入了沉思，用手指轻轻地敲着椅子的扶手。

这时安吉拉又来了。泽拉比从很远的地方就注意到了她。他花了一两分钟才把思绪拉回此时此地，并且观察了她的表情。

"怎么了，亲爱的？"他问，然后又一边回想一边说，"我以为你去特雷恩医院了，还带了一篮慰问品。"

"我是出发打算去那儿的，"她说，"但我又回来了。他们似乎不允许我们离开村子。"

泽拉比坐直了身体。

"太荒唐了。那个老傻瓜也不能把全村人都逮捕了吧。作为太平绅士——"他气愤地开始说起来。

"不是约翰爵士。是那些孩子。他们在所有路上设了卡，不让我们出去。"

"真的吗！"泽拉比大声叫道，"这可真是太有趣了。我很好奇是不是——"

"有趣个屁，"他太太说，"这非常令人不快，而且很过分。也很令人害怕。"她又说，"因为我看不出他们想干什么。"

泽拉比询问怎么设的卡。她解释了,最后说:

"而且只限制我们,你瞧——我的意思是只限制住在村里的人。他们允许其他人随意进出。"

"但是没有使用暴力?"泽拉比问,语气中带着一丝焦虑。

"没有。只是逼着你不得不停下。有几个人报了警,警察也调查过了。当然毫无希望。那些孩子并没有阻止他们调查,也没有去打扰他们,所以他们自然无法理解我们在大惊小怪些什么。唯一的结果是,人们以前只听说米德维奇人脑子有毛病,现在确信不疑了。"

"他们这么做一定有什么缘故——我是说那些孩子。"泽拉比说。

安吉拉愤恨地盯着他。

"我敢说一定有,而且在社会学上还有很大的研究意义。但现在那些不是重点。我想知道的是对此我们应该怎么办?"

"亲爱的,"泽拉比以安抚的口气说,"我理解你的感受,但是如果那些孩子认为需要干涉我们,我们是没法阻止他们的,这一点我们已经知道有些时候了。现在,因为某些我必须承认我并不清楚的原因,他们显然认为需要干涉我们。"

"可是,戈登,有些人受了重伤,正在特雷恩的医院里。他们的亲属想去看望他们。"

"亲爱的,我觉得你唯一能做的就是找到其中一个孩子,以人道主义的立场向他解释。他们也许会考虑你的建议，但这真的要看他们限制我们进出的理由是什么，你不这么觉得吗？"

安吉拉皱着眉头，不满地看着丈夫。她本开口打算回答，又觉得没有必要，便一脸谴责地拂袖而去。门关上时泽拉比摇了摇头。

"男人的傲慢是自夸式的，"他说，"女人的傲慢却是纤细的。我们偶尔不免会想起曾经称霸地球的恐龙，并且思考我们自己渺小的生命将于何时，以及以何种方式，走到尽头。但她们不会。她们将永恒存续，这是她们的信仰。伟大的战争与灾难会如潮水般涨落，种族有其兴衰，帝国会在苦难和死亡中凋亡，但这些都是肤浅的表象：而她们，女人，是永恒的，是不可或缺的；她们将永远存续。她们不相信什么恐龙，她们其实根本不信在她们出生之前世界已然存在。男人可以建造、毁灭、玩弄他们的玩具，但他们只是令人不舒服的麻烦，只是提供便利的朝生暮死的工具，只是到处乱窜的讨厌鬼。而女人，她们与生命之树本身以神秘的脐带紧紧相连，她们知道自己不可或缺。我不禁要问，雌性恐龙在她们的时代里，心中是否也幸运地拥有这种令人安心的笃定。"

他停顿下来，显然需要我来接茬，于是我说："你说的和现在的事情有什么关系？"

"关系在于，男人觉得自己会被取代的念头令人厌恶，而女人认为这个念头根本完全不可想象。既然想象不出来，她们就必须认为这个假说是毫无意义、不值得讨论的。"

我觉得似乎又到了我得帮他一把的时候。

"如果你是在暗示我们看到了某些泽拉比太太没能看到的东西,恐怕我——"

"可是,我亲爱的朋友,人若不是被自己不可或缺的妄想遮蔽了双眼,便必然会认识到,我们,就像我们之前的其他万物之主一样,有朝一日会被其他生物所取代。被取代的途径有两种:要么通过我们自己,通过我们的自我毁灭;要么通过其他物种的入侵,而我们缺乏制服它们的武器。好吧,现在我们就面临这种情况,与意志和心智都优于我们的物种短兵相接。而我们能拿出什么东西对付他们呢?"

"这话听上去也太失败主义了。"我对他说,"如果你这话是相当认真的——我假设你确实是——你这难道不是从一个很小的例子一下跳到一个很大的结论吗?"

"我太太也是这么说的,当时我们的例子比现在还要小得多,年幼得多。"泽拉比承认道,"她还进一步反驳说,如此伟大的入侵怎么可能发生在这里,一个平凡无奇的英国村庄里。我说这场入侵无论发生在何处都同样伟大,但企图说服她完全是徒劳。她认为这种事情如果发生在更具异国情调的地方——也许是一个巴厘人的村庄,或者是墨西哥的某个村镇——就一定会没那么伟大;而且这本质上是那种只会发生在别人身上的事情。然而,不幸的是,这个例子就在这里不断发展——且发展逻辑令人忧愁。"

"困扰我的不是地点，"我说，"而是你的假设。具体来说，是你想当然地假设那些孩子可以为所欲为，而我们没有任何办法阻止他们。"

"我要是那样断言就太愚蠢了。我们也许可以设法阻止他们，但不会太容易。在身体上，和很多动物相比我们是可怜的弱者，但我们战胜了它们，因为我们有更强的头脑。打败我们的唯一方式就是拥有比我们更强的头脑。我们很少面临这样的威胁：一来，这样的物种似乎不太可能出现；二来，我们似乎更不可能允许它们存活下来，成为一种威胁。

"然而它们偏偏就是来了——从进化这个无限的潘多拉魔盒里跳出了另一个小花招：联合式的头脑——两块马赛克，一块包含三十个碎片，另一块包含二十八个碎片。我们分离式的头脑只能笨拙地互相接触，面对几乎像同一个大脑般密切联动的三十个大脑，我们能做什么呢？"

我反驳说，即便如此，那些孩子也不可能在短短九年的时间里积累足够的知识，来打败全人类知识的总和。但泽拉比摇了摇头。

"政府出于他们自己的打算为那些孩子提供了一些优秀的教师，所以他们积累的知识应该相当可观——事实上，我知道相当可观，因为我有时亲自给他们授课，你知道的——这很重要，但不是威胁的真正来源。我并非不知道，弗朗西斯·培根曾说：nam et ipsa scientia potestas est——知识就是力量。但我不得不对此表示遗憾，一位如此杰出的学者有时竟也会说出如此无知的话。百科全书里塞满了知识，却不能用那些知识做任何事情；我们都知道，有些人对事实有惊人的记忆力，却没有能力使用它；一台计算引擎可以输出海量的知识，但如果不能被理解，那些知识不会有丝毫的用处。知识只是一种燃料，只有'理解'这台引擎才能把它转化成力量。

"现在让我恐惧的是，有一台理解引擎的提取效率是我们的三十倍，想想哪怕只有很少的知识燃料，这台引擎可以产出多少力量。更不用说等那些孩子长大，这台引擎能产出什么，这我完全无法想象。"

我皱起眉头。对于泽拉比的话，我一如既往地有些将信将疑。

"你是在非常严肃地主张，不管这五十八个孩子决定做什么，我们都没有任何办法阻止他们？"我坚定地又问了一遍。

"是的。"他点点头，"你觉得我们能做什么呢？你知道昨晚那群人身上发生了什么；他们本打算袭击那些孩子——结果反倒被诱导着厮打起来。就算派警察去，他们也一样会厮打起来。如果派军队去对付他们，士兵们会被诱导着拿枪互射。"

"可能会吧。"我让步了，"但一定还有其他办法可以对付他们。从你告诉我的情况看，所有人都不够了解他们。他们似乎很早就从感情上脱离了代孕母亲——如果他们真的曾有过我们认为正常孩子会有的那些情感的话。一有机会逐渐与村里人隔离，大部分孩子立刻选择接受，因此村里人对他们的了解极为有限。大部分人似乎很快就极少把他们视作独立个体了。他们觉得这些孩子难以区分，所以习惯把他们看作一个集体。在人们心中他们成了二维的形象，与现实的关联十分有限。"

泽拉比似乎很欣赏我的这个观点。

"你说得完全正确，我亲爱的朋友。我们和他们之间缺乏正常的联系和同情。但这并不全是我们的错。我自己已经尽可能地靠近他们，但我和他们之间仍有很大的距离。尽管我做了很多努力，我仍然觉得他们的形象，正如你精妙描述的那样，是二维的。而且我强烈地感觉到，格兰奇研究所的人也没有比我做得更好。"

"那就还是要回到这个问题，"我说，"我们怎么才能获得更多数据？"

我们思考了一会儿，直到泽拉比从沉思中回到现实，说：

"我亲爱的朋友，你有没有想过你自己在这里的身份是什么？如果你今天想离开这里，也许不妨弄清那些孩子有没有把你当作我们中的一员？"

我完全没想过这个问题，不禁被吓了一跳。我决定搞清楚这一点。

伯纳德似乎坐警察局长的车走了，因此我决定借他的车试一试。

沿着奥普雷路开了一小段以后，我找到了答案。一种非常奇怪的感觉。虽然我自己完全没有停车的意愿，但有种力量引导我的手脚,让我刹了车。那些女孩中的一个坐在路边,咬着一根草茎,面无表情地看着我。我试图再次挂上前进挡,但我的手不听使唤。我的脚也踩不上离合器的踏板。我看着那个女孩,告诉她我不住在米德维奇,我想回家。她只是摇摇头。我又试着拉了一次变速杆,发现只能挂到倒车挡。

"嗯,"我回到凯尔庄园时泽拉比说,"看来你是本村的荣誉村民,是吧?我就猜到你很可能是。请提醒我让安吉拉通知厨子,有位座上宾。"

当我和泽拉比在凯尔庄园交谈时,格兰奇研究所也在进行一场内容相似但气氛不同的对话。韦斯科特上校的在场令托伦斯博士感到自己获得了某种官方批准,所以这次他努力以比上次更明确的方式回答警察局长的问题。然而,谈话已经推进到双方明显在鸡同鸭讲的阶段。警察局长又问了一个明显偏题的问题,博士略带惆怅地说:

"恐怕我没法把这里的情况对你解释得很清楚,约翰爵士。"

警察局长不耐烦地哼了一声。

"每个人都一个劲儿地这么跟我说,我也不否认;似乎这里没有一个人能把任何事情说清楚。每个人都一个劲儿地跟我说——在拿不出任何我能理解的证据的情况下——说这些可恨的孩子应该在某种程度上对昨晚的事负责——就连你也这么说,据我理解你是负责管理这帮孩子的人。我同意,我不理解你们怎么能允许年幼的孩子如此彻底地失控,以至于他们能破坏和平,导致暴乱。我看不出你们为什么指望我理解这一点。但作为一名警察,我希望面见孩子们的头目之一,听听他对此事有什么话要说。"

"可是,约翰爵士,我已经对你解释过了,并不存在什么所谓的头目……"

"我知道,我知道。你的话我都听见了。这里每个人都是平等的,等等——也许在理论上没问题,但你和我一样清楚,任何一群人里都有些突出的家伙,我们要抓的就是这种人。管住了他们,也就管住了整群人。"他满怀期待地停顿了一下。

托伦斯博士和韦斯科特上校交换了无望的眼神。伯纳德轻轻地耸了一下肩,又几不可见地点了一下头。托伦斯博士的神色比刚才更不高兴了。他不安地说:

"很好,约翰爵士,既然你事实上下了警方命令,那我也别无选择了。但我必须提醒你小心言辞。孩子们非常——呃——敏感。"

他在句子最末尾选用了这么一个词是件不幸的事。在博士自己的词汇库里,这个词在某种程度上就是其字面意思。可在警察局长的词汇库里,只有溺爱孩子的母亲形容自己被宠坏了的儿子时才会用这个词,所以他对孩子们的同情心丝毫没有增加。托伦斯博士起身离开房间时,警察局长发出一个不赞成的气声。伯纳德本已半张开嘴,想再强调一遍博士的警告,但这个气声令他判断此举弊大于利，只会进一步激怒对方。伯纳德想，常识具有一种可恶的矛盾性，在正确的土壤中它也许价值连城，但在错误的土壤中却可能变成有毒的杂草。于是两人沉默不语地等着。过了一会儿，托伦斯博士回来了，还带来了男孩中的一个。

"这是埃里克。"他以介绍的口吻说。他又对男孩说："约翰·滕比爵士想问你一些问题。你瞧，为昨晚的麻烦写一份报告是他作为警察局长的职责。"

男孩点点头，转头看向约翰爵士。托伦斯博士回到办公桌前的座位上，专注而不安地看着他们两人。

男孩的目光沉稳、谨慎，但十分冷漠，不流露一丝感情。约翰爵士报以同样稳健的目光。这孩子看起来很健康，他想。有点瘦——嗯，但不是骨瘦如柴的那种瘦，用纤细来形容更合适些。从容貌上判断不出太多。那张脸是好看的，没有英俊男性常有的柔弱，但也没有表现出力量——嘴巴确实小了一点，却不显得稚气骄纵。看整张脸看不出什么，但那双眼睛比他预期的更加不同凡响。他听说过他们的虹膜是一种奇异的金色，可传言并未成功描述那种令人震动的光焰，那双眼睛仿佛从内部被柔光照亮，效果甚是奇异。有那么一阵，那双眼睛让他深感不安，但他随后控制住情绪，提醒自己现在需要对付的是某种怪胎；一个只有九岁的男孩，却不管怎么看都像十六岁，而且受的是那种胡说八道的教育，什么自我表达，什么百无禁忌。他决定按目测年龄对待男孩，坚持用那种特殊的态度说话：

听起来像是"男人对男人"的态度,其实却是"男人对男孩"。

"昨天晚上的事很严重,"他说,"我的工作是澄清事实,查出到底发生了什么——这场麻烦该由谁负责,等等。大家不断对我说,责任在你和这里的其他人——那么,对此你有什么话要说?"

"不是那样。"男孩立刻说。

警察局长点点头。反正你很少能指望嫌疑犯立刻认罪。

"那么到底发生了什么?"他问。

"村里人来到这里,打算把格兰奇研究所烧了。"男孩说。

"你确定吗?"

"他们是这么说的,而且他们没有其他理由在那个时候跑到这里来。"男孩说。

"好,我们先不谈原因和理由。让我们就从这里说起。你说有些村民来了,打算烧了这里。然后,我想另一些村民赶来阻止他们放火,然后他们就开始斗殴?"

"是的。"男孩表示同意,但语气不如刚才肯定。

"那么,事实上,你和你的朋友与此事完全无关。你们只是旁观者?"

"不。"男孩说,"我们不得不自卫。这很有必要,不然他们会把房子烧了。"

"你是说你们叫来了其他村民,让他们阻止前一波村民,类似这样的意思?"

"不。"男孩耐心地对他说,"我们让他们互相斗殴。我们也可以只叫他们走开,但是如果那样做,他们很可能以后还会再来。现在他们不会了。他们明白别惹我们对他们更有好处。"

警察局长顿住了,有点不知所措。

"你说你们'让'他们互相斗殴。你们是怎么做到的?"

"这太难解释了。我认为你不会懂的。"男孩说,口气像法官在下判决。

约翰爵士的脸微微地红了。

"即便如此,我还是想听一听。"他说,语气似乎在暗示对方辜负了自己慷慨的克制态度。

"不会有任何用处的。"男孩对他说。他的话十分简洁,没有任何弦外之音,仿佛在陈述一个事实。

警察局长的脸更红了。托伦斯博士赶紧插了进来:

"这是一个极其深奥的问题,约翰爵士。多年来我们在座的所有人都在努力试图理解这个问题,但进展甚微。我们只能说孩子们是以意念'迫使'那群人互相斗殴的,实在没法解释得更清楚了。"

约翰爵士看了看博士,又看了看男孩。他自言自语地说了点什么,又控制住自己。深吸两三口气之后,他又对男孩开了口,但这次语气有些不冷静了。

"不管你们是怎么做到的——我们以后还得再谈这个问题——你承认你们对昨晚发生的事情负责吗?"

"我们对自卫行为负责。"男孩说。

"你们的自卫行为导致四人死亡，十三人重伤——而据你说，你们本可以只叫他们走开。"

"他们本想杀了我们。"男孩冷漠地告诉他。

警察局长久久地望着他。

"我不理解你们是怎么做到的，但我暂且相信你说是你们做的，也暂且相信你说这么做是非必要的。"

"不这么做他们就会再来，所以这么做是必要的。"男孩回答。

"你们不能确知他们会再来。你的整个态度简直穷凶极恶。对那些人的不幸遭遇，你们难道丝毫不觉得内疚吗？"

"不。"男孩对他说，"我们为什么要内疚？昨天下午他们中的一个对我们中的一个开了枪。现在我们必须保护自己。"

"但不应该用私人复仇的方式保护自己。法律会保护你们，也会保护每一个人——"

"法律没有保护威尔弗雷德不被枪击。昨晚如果我们不动手，法律也不会保护我们。法律只在犯罪成功之后惩罚罪犯。法律对我们没有用，我们的目的是活下去。"

"而你们并不介意为其他人的死负责——你是这么告诉我的吧？"

"我们一定要这样在原地兜圈子吗？"男孩问，"我已经回答了你的问题，因为我们觉得最好让你理解情况。但你显然并没有听懂，所以让我把话说得更明白些。只要任何人试图来干涉或骚扰我们，我们就会自卫。我们已经展示了我们有这个能力，我们希望这个警告足够防止进一步的麻烦。"

约翰爵士目瞪口呆地看着男孩，指关节发白，脸涨成了紫色。他从椅子上半站起身来，仿佛要攻击男孩，但又控制住自己，重新坐了下来。过了好几秒钟，他才觉得自己又能说话了。男孩以一种超然的批判态度很感兴趣地看着他，而他以一种半哽住的声音对男孩说：

"你这个该死的小混蛋！你这个讨厌至极的小贼！你怎么敢这样跟我说话！你知不知道我代表全郡的警察力量？如果你不知道，那么是时候记住这一点了，我对上帝发誓我会让你记清楚的。敢对长辈这样说话，你这个头脑发热的傲慢鬼！你们不能被'骚扰'，你们要自卫，是吗！你们以为自己在什么地方？你们要学的东西可太多了，小伙子，整个——"

他突然住了口，坐在椅子上直勾勾地盯着男孩。

托伦斯博士在办公桌后面把身体朝前倾。

"埃里克——"他开始抗议，但并没有做出任何干涉之举。

伯纳德·韦斯科特坐在椅子上，小心地保持一动不动的姿态，看着面前的一切。

警察局长的嘴巴松弛下来，下巴掉下来一点，眼睛睁得大大的，似乎还在越睁越大。他的头发微微竖起，汗水从额头和太阳穴渗出,沿着脸向下淌,嘴里发出含糊不清的咕噜声,泪水沿着鼻翼流下来。他的身体颤抖起来,但似乎动弹不得。然后,在漫长而僵硬的几秒钟后,他终于动了。他抬起双手挥动起来,哆哆嗦嗦地举到面前。从那双手后面传来几声古怪的尖叫。他从椅子上滑下来,双膝跪地,身子朝前扑倒,然后趴在地上,浑身发抖,一边发出高亢的嘶鸣,一边用手抓地毯,仿佛想挖个洞钻进去。最后他突然呕吐起来。

男孩抬起视线。他像在回答一个问题似的对托伦斯博士说:

"他没有受伤。他想吓唬我们,所以我们必须让他见识一下什么叫吓唬。他现在应该更理解这个词的意思了。等他的腺体重新达到平衡,他就会没事的。"

然后他就转身走出了房间,留下面面相觑的两个人。

伯纳德抽出一条手帕,擦拭凝在额头上的一滴滴汗珠。托伦斯博士一动不动地坐着,脸色灰得像得了病。两人转头去看警察局长。约翰爵士现在懒洋洋地躺在地上,似乎失去了知觉,只是贪婪地、长长地吸着气,身体不时剧烈地一颤。

"我的上帝!"伯纳德叫道。他又看了看托伦斯,"你在这地方待了三年?"

"像这么严重的情况从未发生过。"博士说,"我们怀疑过很多可能性,但我们和他们之间从来没有过敌意——看了刚才的事情,这真得感谢上帝!"

"是的,你们绝对已经做得很出色了。"伯纳德对他说,然后又看了看约翰爵士。

"应该在他醒过来之前把他送走。我们最好也赶紧消失——在这种情况下，没有谁想要目击证人。叫几个他的手下来接他。就跟他们说他突然发作了某种疾病。"

五分钟后，两人站在台阶上，目送仍处于半昏迷状态的警察局长被车接走。

"等腺体重新平衡就没事了！"伯纳德喃喃自语道，"比起心理学，他们似乎更擅长生理学。这个人已经被他们打垮，这辈子都不可能恢复了。"

第十九章
僵 局

伯纳德回到凯尔庄园时一脸惊恐,好几杯烈性威士忌下肚,那种表情才开始渐渐褪去。他向我们讲述了警察局长在格兰奇研究所进行的那场灾难性的访谈,然后又说:

"你知道吗,让我震惊的是,那些孩子身上为数不多的还带着孩子气的特点之一,是他无法判断自己的力量有多强。他们每件事都做得太过火,也许只有把村里人召集起来这一件除外。有时候他们的意图也许还算情有可原,但下手的方式实在不可原谅。他们想吓唬一下约翰爵士,好让他相信干涉他们很不明智。但他们根本不是做到必要限度就收手,他们做得太过分了,把那个可怜的家伙吓得匍匐在地,几乎到了失智的边缘。他们诱使对方堕落到非人的地步,这非常令人作呕,而且完全不可宽恕。"

泽拉比以温和而理智的语气问:

"我们看问题的角度会不会太狭窄了？上校，你说这是'不可宽恕'的，也就是假设他们期望被我们宽恕。但是，他们为什么要期望被我们宽恕？我们射杀豺狼时，是否关心豺狼会不会宽恕我们？我们不关心。我们只关心如何把它们变得无害。

"事实是我们已取得如此压倒性的优势，所以如今我们很少需要去杀豺狼——事实上，大部分人已经忘了不得不以个人力量与其他物种单打独斗意味着什么。然而，一旦有需要，不管威胁我们的是豺狼、昆虫、细菌，还是滤过性病毒，我们都会毫不内疚地全力支持我们的同胞屠戮它们；毫不留情，也绝不会期待它们的宽恕。

"关于这些孩子，情况似乎是这样：我们尚未意识到他们对我们物种而言是一种威胁，而他们却毫不怀疑我们对他们是一种威胁，并且他们打算活下去。我们若能多提醒自己他们的这种意图意味着什么，大约会对我们有些好处。这是我们每天都能在自然界里看到的东西：一场永不止歇的、痛苦的、不受法律约束的战争，没有一丝怜悯或同情……"

他的态度很平静，但表达的意思无疑非常尖锐。然而，不知何故，他似乎未能在理论和现实之间的鸿沟上架起合适的桥梁——这是泽拉比常犯的毛病——所以这番话听来并不是很有说服力。

这时，伯纳德说：

"对那些孩子来说，这肯定是一个很大的战略变化。他们以前也会时不时地劝诱别人或是对人施加压力，但是除了早期的几个例子以外,几乎从未用过暴力。现在他们爆发了。你能指出这是从什么时候开始的吗,还是逐渐发展到这一步的?"

"可以肯定的是,"泽拉比说,"在吉米·帕维尔的车祸发生前,从未出现过这类事件的任何迹象。"

"而车祸是发生在——让我想想——上个星期三,七月三日。我想知道——"他似乎打算说些什么,却被叫我们去吃午餐的锣声打断了。

"到目前为止,我对于外星生物入侵的经验都是假想性的,"泽拉比一边按照自己的特殊口味调制沙拉酱,一边说,"——事实上,甚至也许可以说都是间接假设性的,或者我是不是应该说是假设间接性的?"他思考了一会儿,又继续说道,"不管怎么说,这种经验我有很多。但是,非常奇怪的是,其中没有任何一种能对解决我们目前面临的两难困境提供丝毫帮助。那些入侵,几乎无一例外地都很令人不快,但同时,它们几乎总是直截了当的,而不是迂回渐进的。

"以 H.G.威尔斯笔下的火星人为例。作为第一个使用死亡射线的物种,他们非常可怕,但他们的行为却非常传统:只是用这种天下无敌的武器发动了一场直截了当的战争。但我们至少可以在战争中尝试反击他,而在现在的情况下——"

"别放辣椒粉。"他太太说。

"别什么?"

"别放辣椒粉。你会打嗝。"安吉拉提醒他。

"确实。糖在哪里?"

"在你左手边,亲爱的。"

"哦,对……我刚才说到哪了?"

"H.G.威尔斯笔下的火星人。"我告诉他。

"当然。那么,自此之后你就有了无数次入侵的原型。外星人有一种超级武器,而人类用其微不足道的武器英勇反击,直到几种可能的铃声之一响起,将我们拯救。自然,如果故事发生在美国,一切都会规模更大、水平更高。某种东西从天上掉下来,然后某种生物从里面跑出来。不到十分钟,举国性的恐慌已经席卷东西两岸,这无疑是因为该国拥有优秀的通信条件,所有城市的所有出城高速公路的所有车道全部堵塞,因为人们全都忙着逃命——除了华盛顿。在华盛顿,情况完全不同,巨大的人群铺满目之所及的所有地方,他们严肃而沉默地站着,面容苍白却满脸信任,眼睛望向白宫的方向。与此同时,在卡兹奇山中的某处,一位迄今为止无人问津的教授和他的女儿,以及他们一脸坚毅的年轻助手,像三位发狂的助产士一样奋力工作,努力催降那位即将在实验室中诞生的女神,她将在最后一刻拯救全世界,除了一个人以外。

"在我们国家,我觉得至少某些部门会在收到外星人入侵报告时保有一丝初步的怀疑,但美国作家最了解美国人民,我们必须允许他们决定故事怎么写。

"言归正传,总的来说,故事说了什么? 就是又一场战争而已。动机被简单化了,而武器的细节被复杂化了,但模式都是一样的。于是,结果就是当事情真的发生时,事实证明没有一个预言、猜测或推演对我们有丝毫用处。想到预言家们在这些东西上花费了那么多脑力,这似乎实在有点可惜,不是吗?"

他忙着吃自己的沙拉。

"我仍然分不清你的话什么时候是字面意思,什么时候是在打比喻。"我对他说。

"你这次可以放心地认为就是字面意思。"伯纳德插嘴道。

泽拉比侧过头去看了他一眼。

"你要说的只有这个吗? 连下意识的反对也没有?"他问,"告诉我,上校,你接受这种入侵,承认它是事实,有多久了?"

"大概八年了。"伯纳德对他说,"你呢?"

"跟你差不多——也许比你还早一点。我当时很不喜欢这个情况,现在也不喜欢,以后很可能会更加不喜欢。但是我不得不接受它。福尔摩斯提出的古老公理,你知道的:'当你排除一切不可能的情况,剩下的,不管多难以置信,都一定是真相。'然而,我并不知道原来官方圈子里也已经承认这一点了。那么你们决定怎么处理呢?"

"这个嘛,我们一直尽力把他们隔离在这里,并且重视对他们的教育。"

"事实证明这是很好、很有帮助的做法,如果你允许我这么评价的话。你们为什么这么决定呢?"

"等一下,"我插了嘴,"我又分不清你是字面意思还是打比喻了。你们两人都认真地相信那些孩子是某种入侵者,把这当作事实接受了? 你们相信他们真的来自地球以外的某处?"

"看到了吗?"泽拉比说,"没有席卷东西两岸的举国性恐慌,只有怀疑的态度,我说的没错吧?"

"对,我们相信。"伯纳德对我说,"我们部门被迫否掉了所有其他假说,只剩下这一种可能性——当然,有些人还是不接受这个假说,即便我们掌握的证据比泽拉比先生掌握的还稍多一点。"

"啊!"泽拉比说,他正把一叉子绿油油的东西举到半空中,突然注意力高度集中起来,"我们是否终于要接近神秘的军情部门对我们感兴趣的原因了?"

"现在已经没什么继续保密的理由了,我想。"伯纳德承认,"我知道在这件事的早期阶段,你自作主张地对我们的兴趣做了不少调查,泽拉比,但我相信你从未找到关键线索。"

"那关键线索是?"泽拉比问。

"很简单,因为米德维奇不是唯一遭遇'昏迷日'的地方,甚至也不是第一个。而且,在那时前后的三个星期中,雷达探测到的不明飞行物数量明显上升了。"

"啊呀,我真该死!"泽拉比说,"啊,我太自负了,太自负了……那么,除了我们这里的孩子之外,还有其他孩子群体? 在什么地方?"

可伯纳德并不理会他的催促,不紧不慢地继续说:

"其中一起'昏迷日'事件发生在澳大利亚北领地的一个小镇上。但那里似乎出了严重的差错,共有三十三个妇女怀孕,可不知为什么所有孩子都死了。大部分出生后几小时就夭折了,最大的孩子也只活了一周。

"另一起'昏迷日'事件发生在加拿大北部维多利亚岛的因纽特人定居点。当地居民对到底发生了什么讳莫如深,但人们相信,他们对生下一批和他们如此不相像的婴儿极为愤怒,或者也许是极为惊恐,于是几乎立刻把孩子们扔进了冰天雪地里。不管怎么回事,反正那批孩子没有一个活下来。顺便说一句,把这个情况和米德维奇的婴儿们回到这里的时间点相结合,表明他们直到一两周大的时候才能发育出胁迫能力,而在此之前他们可能真的是独立的个体。还有一起'昏迷日'事件——"

泽拉比举手。

"让我猜猜看。有一起发生在'铁幕'后。"

"'铁幕'后已知的有两起。"伯纳德纠正了他,"其中一起发生在伊尔库茨克地区,靠近外蒙古的边境—— 一起非常残忍的事件。当地人认为那些妇女和魔鬼同床了,于是她们和孩子们都死了。另一起稍微朝东去一点,发生在一个叫作基钦斯克①的地方,在鄂霍次克

---

① 作者虚构的地名。

东北面的群山里。可能还有其他地方,但我们没有掌握。我们相当确定南美洲和非洲的某些地方也发生了类似事件,但很难查证。那些地方的居民往往不爱声张。要是发生在某个与世隔绝的村庄里,人们甚至可能根本没意识到日子凭空少了一天——于是婴儿集体出生就会更加令人费解。在我们掌握的大部分例子中,婴儿都被人们当成怪胎杀掉了,但我们怀疑在部分例子中有人也许会把婴儿藏起来。"

"但我想基钦斯克的事件里没这回事?"泽拉比说。

伯纳德看着他,嘴角微微抽动了一下。

"你知道的可真不少,是不是,泽拉比? 你说得没错——基钦斯克的事件里没这回事。那里的'昏迷日'比米德维奇早一星期。我们在三四天后收到了报告。那事让俄国人非常担心。事情发生在这里时,这对我们至少是种安慰;我们知道不可能是俄国人干的。可以推测,他们大抵也在适当的时候发现了米德维奇的情况,于是和我们一样松了口气。与此同时,我们的眼线一直关注基钦斯克的情况,并适时汇报了当地所有妇女同时怀孕的奇异事实。我们没有立刻认识到这个情况的重要性——听起来虽然奇怪,但像是没什么用处的嚼舌根——但我们很快发现了米德维奇的情况,并且开始对这些事感兴趣起来。孩子出生以后,俄国人面临的情况比我们简单些;他们几乎完全封锁了基钦斯克——那地方大概有两个米德维奇大——所以我们几乎断了那里的消息。我们却没办法完全封锁米德维奇,所以只好采取不同的方法,就当时的情况而言,我想我们做得不算太坏。"

泽拉比点点头,"我明白了。陆军部的观点是,他们不清楚我们这里发生了什么,也不清楚俄国人那里发生了什么。但如果俄国人有一群潜在的天才,那我们最好也弄一群类似的天才来对付他们?"

"差不多是这样吧。我们很快就清楚地看出,这群孩子很不寻常。"

"我应该想到这一点的。"泽拉比说。他悲伤地摇摇头,"我只是从来没想过米德维奇的事情不是孤例。但我现在看出来了,你肯坦承实情一定是因为发生了什么。我看我们这里的事件不足以让你松口,因此很可能是别的地方发生了什么,比如说基钦斯克? 那里的孩子是不是有什么新动向,我们的孩子很快也会步其后尘?"

伯纳德把刀叉整齐地摆在盘子上,盯着看了一会儿,然后抬起头来。

"远东军最近装备了一种新的中型原子炮,"他缓缓地说,"据说射程在八十到一百公里之间。上周他们进行了第一次实战测试。基钦斯克这个镇已经不存在了……"

我们盯着他的脸。安吉拉倾身向前,满脸惊恐。

"你是说——那里的所有人都不存在了?"她无法置信地说。

伯纳德点点头,"所有人。整个地方。如果那里有任何人事先得到警告,孩子们不可能不知道。而且,那种方式的轰炸官方可以说是计算错误导致的——或者也许还可以说是敌方破坏。"

他又停顿了一会儿。

"官方,"他把那个词又重复了一遍,"明明可以这么说,而且只告诉国内公众。但是,我们却收到了一份从俄罗斯方面泄露的报告,显然是他们精心安排故意泄露给我们的。报告里谨慎地隐去了细节和具体情况,但说的毫无疑问就是基钦斯克。而且这份报告很可能是他们采取行动后立刻释出的。报告也没有直接提及米德维奇,而是发出了一则语气极为强烈的警告。它先描述了一个群体,那些描述完全符合孩子们的特征,然后称这个群体不仅对国家构成威胁,而且他们不管存在于哪里都对人类这个种族构成最紧迫的威胁。报告呼吁世界上的所有政府尽早'消灭'任何已知的此类团体。它非常强调这一点,而且有时几乎是以恐慌的口吻这么说。报告还一再坚持,语气中甚至带着一丝恳求,说此事应该尽快进行,不仅是为了各国的安全、各大洲的安全,还因为那些孩子威胁整个人类种族的安全。"

泽拉比紧盯着桌布上的织锦缎图案,看了好一会儿才抬起头来,说:

"那军情部门对此有什么反应呢?我想,是在琢磨俄国人这次又在玩什么花招吧?"他说完又低下头继续研究桌布。

"大部分人确实如此——但有些人不这么想。"伯纳德承认。

泽拉比再次抬起头来。

"你说他们上星期干掉了基钦斯克。上星期几?"

"星期二,七月二日。"伯纳德告诉他。

泽拉比缓缓地点了几次头。

"很有趣。"他说,"但我想知道我们的孩子们是如何得知这件事的……"

午饭后不久,伯纳德宣布他要再去一趟格兰奇研究所。

"约翰爵士在那儿的时候我没有机会和托伦斯细谈——他走后我也没找到机会,因为,嗯,我们都需要喘口气。"

"我想,关于你们打算怎么处理那些孩子这件事,你不能向我们透露任何想法?"安吉拉问。

他摇了摇头,"就算我真有什么想法,估计也得算官方机密。现在我要去看看以托伦斯对他们的了解,他有没有什么提议。我希望大概一小时后能回来。"他补充完这句,就丢下我们走了。

他出了前门,不假思索地走向他的车,却在伸手去拉车门把手时改变了主意。他决定做点运动,这样可以让他振奋一下精神。于是他徒步沿着车道轻快地向前走去。

他刚走出大门,一位身穿蓝色花呢套装的小个子女士看了看他,犹豫了一下,然后迎上来要和他说话。她虽然脸颊微微泛红,但走过来的姿态十分坚决。伯纳德对她举起帽子。

"你一定不认识我。我是兰姆小姐。但我们大家当然都知道你是谁,韦斯科特上校。"

面对这番自我介绍,伯纳德微微鞠了一躬,心里琢磨着"我们大家"(大概包括米德维奇的所有人)到底知道多少他的事,以及知道那些事有多久了。他问,他能怎样为她效劳。

"是关于那些孩子的事,上校。你们会怎么做?"

他足够诚实地告诉她,他们还没做出任何决定。她听他说话时眼睛紧紧地盯着他的脸,戴着手套的双手绞在一起。

"你们不会对他们做什么严重的事,对吧?"她问,"哦,我知道昨天晚上的事很可怕,但那不是他们的错。他们还没有完全理解。他们还太年轻了,你瞧。我知道他们看起来比实际年龄大一倍,但即便那样年纪也不算很大,对不对?他们不是真的想伤害别人。他们只是吓坏了。如果一群人跑来要烧了我们的房子,不管是谁都会吓坏的吧?当然会很害怕。我们应该有自卫的权利,谁也不能责怪我们。对吧,如果村里人像那样跑到我家,我会用我能找到的任何东西保护我的家——可能会拿把斧头。"

伯纳德很怀疑这种说法。很难想象这位娇小的女士举着一把斧头在人群中砍杀的画面。

"他们采取的自卫措施非常激烈。"他口气温和地提醒她。

"我知道。但是当你年纪很小又吓坏了的时候,你很容易做出超出你本意的暴力行动。我记得在我还是个孩子的时候,有一些不公正的事件让我内心非常焦灼。要是我有力量去做我想做的事情,结果会很可怕,真的非常可怕,我敢向你保证。"

"不幸的是,"他指出,"那些孩子真的有那种力量,我们不能允许他们使用那种力量,这你想必也同意吧。"

"是,"她说,"可是等他们长到能理解这些的年纪,他们就不会再这样做了。我确定他们不会的。有人说必须把他们送走。但你们不会那样做吧,对吗? 他们还那么小。我知道他们很任性,但他们需要我们。他们不是坏孩子。只是他们最近被吓坏了。他们以前不是这样的。如果能让他们留在这里,我们可以教给他们什么是爱,什么是温柔,让他们看到人们并不是真想伤害他们……"

她抬头看着他的脸,双手焦虑地握在一起,满眼恳求的神色,眼看就要掉下泪来。

伯纳德难过地看着她,惊叹她竟能虔诚到如此程度,把六人死亡、多人重伤看成年幼无知导致的小过错。他几乎可以看见她的心,里面只装着她爱的那个金色眼睛的纤瘦身影,除了这个,她什么也看不见。她永远不会责怪他,永远不会停止爱他,也永远不会理解……在她的一生中,只有这一个美妙的奇迹……他的心为兰姆小姐作痛。

他只能向她解释决定权不在他手上,并保证把她的话写进报告里,同时尽量不给她虚假的希望。然后他尽可能温和地抽身离开,继续走他的路。他能感觉到她焦虑而责备的目光一直在身后紧紧地看着他。

他穿过村里时人烟稀少，气氛冷清。他想，关于围控那些孩子的事，村里一定民意沸腾，但现在周围的寥寥数人里只有一两对在聊天，其他人都很明显地摆出一副事不关己的样子。一个警察孤零零地绕着绿地巡逻，显然对自己的工作感到厌倦。人们似乎已经接受了孩子们教给大家的第一课：聚集是危险的——通往独裁统治的一个有效的步骤。难怪俄国人毫不在乎基钦斯克的情况……

他进入西科姆巷后又往前走了十八米，遇上了那些孩子中的两个。两人坐在路沿上抬着头聚精会神地盯着西面，以至于完全没有注意到他靠近。

伯纳德停下脚步，顺着他们的视线望去。与此同时，他听见了喷气发动机的声音。那架飞机很容易看到，夏日蓝天上的一个银色的剪影，大约在一千五百米的高空向这边飞来。就在他看到飞机的一瞬间，飞机下方出现了几个黑点。接着白色的降落伞一朵紧接一朵地打开，共有五朵，飘浮在空中，开始漫长的降落。飞机稳稳地朝前飞去。

他回头看了一眼那两个孩子，恰好见到他们明白无误地交换了满意的微笑。他又抬头看那架飞机，它平静地继续前进着，身后是五个轻柔下沉的白色小团。他对飞机了解不多，但他相当确定那是一架凯里轻型远程轰炸机。他又若有所思地看了看两个孩子，同时他们也注意到了他。

三人互相注视着，轰炸机发出嗡嗡的低鸣，从他们头顶正上方飞过。

"那是一台非常昂贵的飞机,"伯纳德说,"有人会因为失去它而非常恼火。"

"这是一次警告。但他们很可能还要再失去几架才肯相信。"男孩说。

"很可能是那样。你们刚刚做的事非同小可。"他顿了顿,继续注视着他们,"你们不喜欢有飞机从你们头顶飞过,是不是?"

"是。"男孩表示同意。

伯纳德点点头:"我能理解。但是,告诉我,为什么你们下的警告总是那么严重——为什么你们非要做到超过必要的程度?你们不能只让飞机掉头返航吗?"

"我们本可以让飞机坠毁的。"女孩说。

"这我相信。我敢肯定,我们得感激你们没有那么做。但是掉头也一样有效,不是吗?我不明白你们为什么要这么激进。"

"这样更让人印象深刻。我们要让很多架飞机返航才会有人相信是我们弄的。但如果每飞过来一架飞机就损失一架,他们会注意到的。"男孩对他说。

"我明白了。我想,同样的逻辑也适用于昨晚的事。如果你们只把那群人打发走,就不能起到足够的警示作用。"伯纳德提出。

"你觉得那样也能起足够的警示作用吗?"男孩问。

"我觉得取决于你们怎么把他们打发走。但肯定没必要让他们互相斗殴,打到互相残杀的程度吧? 我的意思是,从最实际的角度看,这在政治上不是很不成熟吗? 总把事做得太绝只会激起更多愤怒和仇恨。"

"还有恐惧。"男孩指出。

"哦,你们想制造恐惧,是吗? 为什么呢?"伯纳德问。

"只是为了让你们别来打扰我们,"男孩说,"恐惧是一种手段,不是目的。"他那双金色的眼睛转向伯纳德,目光稳定而诚挚,"早晚有一天,你会试图杀了我们。无论我们如何守规矩,你们都会想消灭我们。我们只有主动出击,才能巩固自己的地位。"

男孩说得十分平静,但不知为什么,那些字句直接穿透了伯纳德原先坚守的防线。

在这惊心的一瞬间,他听到的是成年人的话语,看到的是十六岁的少年,而心里知道说话的是个九岁的孩子。

"有那么一瞬间,"后来他说,"我被彻底震住了。那是我这辈子最接近恐慌的一刻。那个孩童和成人的混合体似乎传达了一种令人恐惧的重大意义,一下击垮了所有事物的正常秩序……我知道他的话现在听起来无足轻重,但当时它如启示般击中了我。而且,上帝啊,把我吓坏了……我突然看到了他们的双重形象:个体看来还是孩子,集合在一起则是成人,与我在同一个层面上交谈……"

伯纳德花了一些时间才镇定下来。在这个过程中,他想起警察局长的那一幕。那一幕也很令他震惊,但方式要具体得多。他更仔细地看了看那男孩。

"你是埃里克吗?"他问他。

"不,"男孩说,"有时我是约瑟夫。但现在我是我们所有人。你不用害怕我们,我们想和你谈谈。"

伯纳德重新控制好自己的情绪。他从容地在他们身边的路沿上坐下,强迫自己拿出一种理智的语气。

"在我看来,说我们想杀死你们是个非常激进的假设。"他说,"自然,如果你们继续做你们最近做的那些事,我们将会恨你们,而且我们会报复——或者也许我应该说,我们会不得不保护自己不受你们伤害。但如果你们不那样做,那么,我们会持观望态度。你们对我们真有那么大的仇恨吗?如果你们没有,那么一定可以安排某种和平共存的方式……"

他看着男孩,心里仍微弱地希望自己该像对孩子说话那样对他说话。但男孩终于彻底打消了这种幻想,他摇摇头,说:

"你看问题的角度不对。这不是仇恨或喜欢的问题。仇恨和喜欢没有区别。这也不是能靠商谈解决的问题。这是一种生物学上的义务。不杀我们的代价太大,你们负担不起,因为如果不杀我们,你们就完蛋了……"他停顿一下,让这话显得更有分量,然后继续说道,"你们也有政治上的义务,但那需要更着眼当下,有更清醒的决断。现在,在你们的政治家中,一些知道我们存在的已经开始琢磨,在这里搞俄罗斯那种解决方案是否其实也未必不可行。"

　　"哦,看来你果然知道他们。"

　　"是的,当然知道。如果基钦斯克的那些孩子还活着,我们就不需要保护自己。但他们死后,发生了两件事:一是平衡被破坏了;二是你们意识到,俄国人绝不会轻易破坏这种平衡,除非他们非常肯定那群孩子的危害超过其可能具有的价值。

　　"你们不会拒绝履行生物学上的义务。俄国人在政治动机的驱使下已经履行了,你们毫无疑问也会试图这么做。因纽特人是在原始本能的驱使下履行了义务。但结果都是一样的。

　　"不过,对你们来说,这事做起来会更难一些。对俄国人而言,一旦他们判断基钦斯克的那群孩子不能像他们期望的那样派上用场,该怎么处理就毫无疑问了。在俄国,个体要服务于国家;如果谁把个体利益置于国家之上,他就是个叛徒,而社会有责任保护自身不受叛徒的破坏,不管叛徒是个人还是团体。那么,在这种情况下,生物学上的义务和政治上的义务是统一的。如果此举不可避免地会杀死若干无辜卷入的人,那也是没办法的事情;如果必须为国家献身,那么死亡是他们的责任。

　　"但对你们而言,事情没有那么清楚。不仅因为你们的求生欲望被社会惯例埋得更深,还因为你们这里有种相当令人不便的理念:国家的存在是为了服务于构成国家的个人。因此,你们认为我们拥有'权利',而这个念头会让你们的良心更加不安。

　　"我们面临的第一个真正危险的时刻已经过去了:就是你们首

次听说俄国人对那些孩子做了什么的时刻。一个果断的人也许会迅速在这里安排一场'事故'。把我们藏在这里对你们很合适,对我们也很合适,所以一直以来你们才能巧妙地管理局面,而没遇到太多麻烦。可是,现在不行了。在特雷恩住院的人肯定已经把我们的事说出去了;事实上,昨晚之后,闲话和谣言肯定已经传得到处都是了。你们已经错过了制造一起不让人生疑的'事故'的机会。那么,你们打算如何清算我们呢?"

伯纳德摇了摇头。

"听着,"他开口道,"假如我们从一个更加文明的角度来考虑这件事——毕竟,这里是个文明的国家,而且是个以善于寻找折中方案而闻名的国家。你一刀切地假设我们不可能达成任何协议,这我并不认可。历史表明我们国家比大多数国家更能包容少数族群。"

这次是女孩答了话。

"这不是文明不文明的问题。"她说,"这是一个非常原始的问题。只要我们存在,我们便将主宰你们——这是非常明确、不可避免的。你们同意被取代,愿意毫不反抗地走上灭绝的道路吗?我认为你们还没颓废到那种地步。而且,从政治角度看问题是这样的:是否有任何一个国家——不管它如何包容——敢容忍一个它无力控制的人群日益壮大?答案显然又是否定的。

"那么,你们会怎么做? 在你们内部商量的过程中,我们很可能暂时是安全的。你们中更原始的那一派,也就是你们的大众,会让本能引导他们——我们从昨晚村里发生的事里已经看到了这条规律——他们希望猎杀我们、消灭我们。而你们中更崇尚自由主义、更有责任感、更信仰宗教的那派人会深受伦理道德的困扰。还有一派人反对任何形式的激进行动，这派人中包括你们中真正的理想主义者——以及假冒的理想主义者：这拨人数量相当大，宣扬理想是为来生买保险的保险金，只要自己能在天堂门口拿出写满高尚观点的抄写本，他们不介意把子孙后代送上贫困和奴役之路。

"然后，当你们的右派政府不情愿地被迫考虑对我们采取激进措施时，你们的左派政客看到了积累党派资本的机会，说不定还能逼政府下台。他们会捍卫我们的权利，说我们是孩子，是受到威胁的少数族群。左派的领袖将代表我们大放正义光辉。他们会声称自己代表了正义、同情，以及人民的伟大心灵。然后，左派中一些人会意识到，这里真的存在一个严重的问题，如果他们要强制进行选举，两派人之间很可能出现分裂，一派是鼓吹该党的官方暖心政策的人，另一派是因对我们心存疑虑而裹足不前的普通人；于是那些对抽象正义的展示，那些对久经考验、众望所归的美德的宣扬便会逐渐减少。"

"你对我们的政治制度似乎评价不怎么高。"伯纳德插嘴道。女孩耸了耸肩。

"你们这个物种作为其他物种的主宰，自然有资本脱离现实，用抽象概念自娱自乐。"她答道。然后她又拾起刚才的话头，"随着这些人互相争论,他们中的不少人会意识到,对付一个比自己更先进的物种不是一件容易的事情,而且如果继续拖延,还会变得越来越困难。你们可能会拿出实际行动,尝试对付我们。但昨天晚上我们已经展示过,如果派军队来攻击我们,那些士兵会落到什么下场。如果你们派飞机来,飞机会坠毁。好吧,你们会考虑用大炮,俄国人就是那么干的,或者是用导弹,毕竟我们不能影响电子装置。但如果用那些武器,就不可能只是杀死我们,而是得把村里的所有人都杀掉——这样的行动你们光是开始考虑就得花很长时间。而且,如果真的实施了,在这个国家有哪个政府能在了为了自己方便而屠杀无辜后还不下台呢? 不仅批准这项行动的党派会永远完蛋,而且一旦危险被成功扑灭,领导人还会被一种安全的私刑处死,这种私刑的名字叫'赎罪'。"

她住了嘴,男孩接过话头:

"细节也许会有所不同,但随着越来越多的人理解我们的存在对你们构成什么威胁,这类事情将变得不可避免。你们也许很容易进入一个奇怪的时期,两党争相拒绝上台,因为都不愿意成为不得不对我们动手的那个党派。"他停顿片刻,若有所思地望着田野那头,然后又说:

"嗯,事情就是这样。不管是你们还是我们的意愿都无法影响事情的走向——或者,也许应该这样说,我们都被赋予了相同的意愿——活下去的意愿? 你瞧,我们都是生命之力的玩偶。这种力量让你们数量上强大，但精神上不发达；让我们精神上强大，但肉体上孱弱。现在这种力量要我们互相攻击，看看会发生什么。也许，从你们和我们的角度看这都是一种残忍的游戏，但这也是一种非常、非常古老的游戏。残忍与生命本身一样古老。后来情况有了一些改进：幽默感和同情心是人类最伟大的发明；可那两样东西尽管前景挺不错，却还没有非常牢固地建立起来。"他停下来笑了一下，"这话真有点泽拉比的味道，他是我们的第一位老师。"说完这句题外话，他又拾起之前的话头，"可是生命之力比那两样东西强大得多，而它不会放弃这场血腥的游戏。

"但是，在我们看来，应该至少能够把那些更严重的战斗推迟。我们想跟你们谈的就是这个……"

第二十章
最后通牒

"这,"泽拉比以责备的口吻,对坐在路旁一棵树的粗枝上的金眼女孩说,"是对我的行动的一种相当没道理的限制。你非常清楚我每天下午都会出来散步,并且散完步一定会回家喝茶。暴政很容易变成一种非常坏的习惯。何况你已经把我太太扣为人质了。"

孩子似乎仔细考虑了他的话。她嘴里含着一大块牛眼糖,这会儿正用糖果把一侧脸颊顶得突出一块。

"好吧,泽拉比先生。"她说。

泽拉比抬起一只脚。这次脚毫无障碍地越过了此前挡住去路的看不见的结界。

"谢谢你,亲爱的。"他说,同时很有礼貌地点了点头,"快跟上,盖福德。"

我们继续前进,走进树林里,留下小路的守护者一边无所事事地晃着双腿,一边嘎吱嘎吱地咬着牛眼糖。

"这事非常有趣的一点是个体和集体之间的边界。"泽拉比说,"我想确定这个边界,但实在没什么进展。那孩子尝到的糖果甜味无疑是种个体的感觉,不太可能是其他的;但她允许我们通过,却是集体的决定,阻止我们前进的胁迫力也是集体的。既然精神是集体的,那么它接收到的感觉呢?其他孩子是否也在转承享受她的牛眼糖?似乎不是这样,但他们一定知道她在吃糖,也许还知道糖是什么味道。我给他们放电影、讲课的时候也有类似的问题。从理论上看,我只要找两个孩子来听课,就能够让所有孩子都获得一样的经验——他们平时就是这么上课的,这我已经告诉过你了——但是,事实上我去格兰奇研究所讲课的时候教室里总是坐得满满当当。据我理解,我放电影的时候他们可以从同性别的代表那里知道内容,但是,大概传输视觉感知的时候会丢失一些东西,因为他们都更喜欢亲眼看到电影。很难让他们细谈这个问题,但事实似乎说明看图片时个体的体验更令他们满足,我必须推测吃牛眼糖也是这样。这一思考又会引发一连串的问题。"

"我完全相信它会引发问题,"我表示赞同,"但那些都是学术问题。我关注不了那么多,他们为什么会存在于此,这个基本的问题就足够我想的了。"

"哦,"泽拉比说,"我认为这没什么新奇之处。我们自己为什么存在于此也会导向同样的问题。"

"我不这么认为。我们是在这里进化出来的——但那些孩子是从哪儿来的?"

"你是不是把一种理论当成一个既定事实了,我亲爱的朋友?人们普遍假定我们是在这里进化出来的,为了支持这个假定,我们又假定曾经存在一种生物,它是我们的祖先,也是猿类的祖先——我们的祖辈曾经管这种生物叫'缺失的环节'。但从未有令人信服的证据证明这种生物确实存在过。至于缺失的环节,啊,上帝保佑我的灵魂,这个学说到处都是缺失的环节——要是你觉得这个比喻还算可以接受的话。你能相信地球上多种多样的所有物种都是由这一个缺失的环节进化而来的吗?我不能,我不管怎么努力也做不到。我也看不出,在晚一些的阶段中,一种四处游荡的生物如何区隔成为不同的族系,使不同种族间出现固定不变的不同特征。在岛屿上这可以理解,但在大块陆地上就不行了。乍一看,气候也许可以产生一些影响,直到我考虑到蒙古人的特征显然从赤道到北极都有分布。再想想一定存在过无数种中间型,但我们找到的化石遗迹却少得可怜。想想我们要上溯多少代才能把黑人、白人、红种人、黄种人追溯到一个共同的祖先,想想数百万正在进化的人类祖先应该留下多少关于这个发展过程的痕迹,而我们事实上却什么也没找到,只有一片巨大的空白。啊,我们对爬行动物的年龄的了解竟超过我们对所谓进化中的人类祖先的了解。许多年前,我们就找出了马的完整进化树。如果也能找出人类的完整进化树,我们现在应该已经找到了。但是我们找到了吗？只有少数几个，极为少数的几个，孤立的样本。没有人知道在进化的拼图中这几个样本应该被置于何处，或者到底能不能放置进去，因为根本没有什么进化的拼图，我们有的只是一个假说而已。那几个样本和我们的关系就像我们和那些孩子的关系一样疏远……"

我花了半个小时左右聆听他的演说，内容是人类的种系发生学研究如何飘忽不定、不能令人满意。这场演讲以泽拉比对我道歉告终，他对没能充分覆盖这一主题表示歉意，因为虽然他努力尝试了，但这实在不是三言两语就能说清的话题。

"但是，"他又说，"想必你已经理解，传统的假说漏洞太多而确证太少。"

"可如果你否认传统理论，下一步是什么？"我问。

"我也不知道。"泽拉比承认，"但我拒绝仅仅因为没有更好的理论而接受一个坏理论。而且如果这个理论成立，就该有大量证据，实际上证据却十分稀缺，我认为这就是支持相反理论的论据——不管相反的理论究竟是什么。因此，我认为从客观的角度看，这些孩子的出现并不比人类中各种其他种族的出现更令人吃惊，人类的那些种族似乎也是完全发展成形后才突然冒出来的，或者至少没有清晰的脉络显示他们如何从祖先进化而来。"

如此自暴自弃的结论可不像泽拉比的做派。我提出，也许他已经有了他自己的理论。

泽拉比摇了摇头。

"没有。"他谦虚地承认，然后又说，"当然，我不得不做出猜测。恐怕我得说结果不怎么令人满意，有时还令人不适。比如，我会情不自禁地琢磨是否有某种外部力量在安排这里的一切，对像我这样优秀的理性主义者而言，这很令人不安。当我环顾周围的世界，有时它似乎确实有点像一个颇为混乱的试验场，在这种地方，某位创造者会不时放出一个新物种，看它在我们这场无序的混战中如何表现。对于创造者而言，观赏自己的作品如何表现一定非常有趣，你不这么觉得吗？看看自己这次造出的是能把世界撕成碎片的成功作品，还是又一个被世界撕成碎片的失败作品，还有，观察自己以前造的早期模型如何发展，看看哪种模型真能把其他生物的生活变成地狱……你不认为这很有趣？——啊，好吧，我已经提醒你了，有些猜测可能会令人不适。"

我对他说：

"一句只在我们两人之间说的老实话，泽拉比，你不仅话很多，而且其中还有很多是胡说八道。但你又能把一部分胡说八道讲得好像很有道理似的。听你讲话真的非常令人困惑。"

泽拉比看起来很受伤。

"我亲爱的朋友，我从不胡说八道。这是我在社交上主要的缺陷。人得分清容器和内容。难道你希望我用那种一成不变的说教语气讲话？我们那些头脑较为简单的同胞，上帝保佑他们，认为那样说话是真诚的象征。而且就算我那样说话,你仍然得判断我说的内容有没有道理。"

"我想知道的是,"我坚定地说,"你否定人类进化说以后,到底有没有其他严肃的假说来代替它?"

"你不喜欢我关于创造者的那种猜测?我也不太喜欢。但它至少有一个优点,那就是它并不比许多宗教解释更不可能,而且还比那些容易理解。而且,我说的'创造者'当然并不一定要是一个个体,更可能是一个团队。在我看来,假如我们的生物学家和遗传学家能组成团队,选一个偏远的小岛作为试验场,观察样本如何在那里发生生态冲突,他们一定会发现那很有趣,而且很有指导价值。而且,我们的行星在太空中不正是一个岛屿吗?但是,正如我已经说过的,一种猜测还远远不能算是一种理论。"

此时我们的散步路线已经把我们引上了奥普雷路。我们走近村子时,一个沉思的身影从西科姆巷里走出来,转了个弯走在我们前面。泽拉比叫住了他。伯纳德被从沉思中唤醒,停下来等我们追上他。

"看你的样子,"泽拉比说,"托伦斯似乎没帮上你多大忙。"

"我根本没去见托伦斯。"伯纳德承认,"而且现在看来去麻烦他也没有多大意义了。我和几个你们的孩子谈过了。"

"不是几个,"泽拉比温和地反对道,"你要么就是和男孩这个复合体谈了,要么就是和女孩这个复合体谈了,或者和两个复合体都谈了。"

"好,我接受你的修正。我和所有孩子谈过了——至少我认为
是这样的。不过,我发现不管是男孩还是女孩的说话风格里似乎都
有一种特殊的味道,也许我可以称之为'强烈的泽拉比风格'。"

泽拉比看起来很高兴。

"考虑到我与他们是羔羊与狮子的关系,我通常都和他们保持
比较友好的关系。能对他们施加一点教育影响令人欣喜。"他说,
"你和他们处得来吗?"

"我觉得处不处得来不能很好地概括我们的关系,"伯纳德对他
说,"他们通知我、训斥我、教导我。最后还给了我一份最后通牒。"

"真的吗——对谁的最后通牒?"泽拉比问。

"这个我实在不是很清楚。我想,大致上是对任何有能力为他
们提供空中乘运的人。"

泽拉比扬起了眉毛,"运到哪里去?"

"他们没说。我想是一个他们能不受打扰地生活的地方。"

他简要复述了孩子们的论点。

"所以总的来说就是这样,"他总结道,"在他们看来,他们存在
于此对权威构成了挑战,这是无法长期回避的问题。政府不能坐视
不管;但任何政府如果试图对他们动手却不成功,就会立刻给自己
招来巨大的政治麻烦,就算成功,麻烦也不会小到哪里去。那些孩
子本身无意主动攻击我们,也不希望被迫自卫——"

"自然,"泽拉比自言自语地说,"现在他们的当务之急是活下去,以便最终主宰我们。"

"——因此,最符合各方利益的做法就是给他们一条出路,让他们自行离开。"

"这就意味着这局是那些孩子赢了。"泽拉比评论道,然后便陷入了沉思。

"听起来很危险——我是说,从他们的角度看。他们全部坐在一架飞机里,对我们可太方便了。"我提出。

"哦,别以为他们没想到这一点。他们已经考虑了相当多的细节。他们要好几架飞机,还要有一支小队听他们差遣,负责检查飞机,搜寻定时炸弹,或者之类的装置,要给他们提供降落伞,他们还要自行挑出一些做测试。类似这样的附带条件相当多。他们比我们的人更快看清了基钦斯克事件意味着什么。他们没给我们留下多少采取严酷措施的空间。"

"嗯,"我说,"你的工作是把这么个提议在官僚系统中推到上层去,我实在不能说我羡慕你有这么一份工作。还有什么别的选择吗?"

伯纳德摇了摇头。

"没有了。也许'最后通牒'这个词不太准确,应该叫作'最终命令'。我对那些孩子说,我认为希望很小,我说这些不会有人认真对待的。他们说,他们希望先试试这条途径——如果能悄无声息地办成这事,各方面的麻烦都会小些。如果我办不成——很明显单凭我一个人是没能力办到的——那么他们提议派他们中的两个人陪我一起去进行第二轮接洽。

"看过他们的'胁迫力'对警察局长的影响后,这前景实在不怎么令人愉快。他们一定会对一层又一层的政府部门施加压力,直到把这事捅到最上层,如果有这个必要的话。我看不出他们有什么理由不这么做。有什么能阻止他们呢?"

"我早就预见到这一天了,这就像季节更替一样不可避免。"泽拉比从沉思中醒来,说,"但我没想到它来得这么快——要不是俄国人突然动手,我认为还能再拖好几年。我猜这一天来得也比孩子们希望的要早。他们知道他们还没准备好面对这种危机。所以他们才想离开,去某个地方不受打扰地长到成年。

"我们面临一个稍带善意的道德困境。从左手看,清除这些孩子是我们对我们的种族和文化负有的责任。因为,很明显,如果我们不这么做,我们最好的下场就是被他们主宰,而他们的文化——不管那是什么——必将消灭我们的文化。

"从右手看,正是我们的文化使我们心存顾虑,让我们不愿意毫不留情地清除手无寸铁的少数族群,更不用说这种解决方案还面临一些实际操作上的障碍。

"从——哦,老天,这可真复杂——从第三只手看,让孩子们把他们所代表的问题转移到另一片领土上,转嫁给比我们更没能力处理它的人,这是一种逃避性的拖延,是一种完全缺乏道德勇气的做法。

"这使人不禁希望我们遭遇的是H.G.威尔斯笔下直来直去的火星人。眼下的情况似乎属于相当不幸的那种:所有解决方案在道德上都有瑕疵。"

面对这番演讲,我和伯纳德全程保持沉默。这会儿我感到自己不得不开口了:

"在我听来这是一番高超的总结,它使古往今来的哲学家全部陷入了进退两难的泥沼。"

"哦,当然不是。"泽拉比反对道,"在每条道路都不道德的窘境中,我们依然有能力为大多数人的最大利益而行动。故而,我们应该尽快以尽可能小的代价消灭那些孩子。我为我不得不做出这样的结论感到遗憾。九年来,我已经变得相当喜爱他们了。而且,不管我太太怎么说,我认为我与他们的关系已经相当接近友谊了。"

他又停顿了一会儿,比刚才那次停得更久。然后他摇了摇头。

"这是正确的做法。"他重复道,"但是,当然,我们的当局不能亲自动手——从个人的角度,我非常感激,因为我看不出除了把我们全村人也统统杀掉,他们还有什么其他可行的选择。"他停下脚步,看看四周,米德维奇正静静地沐浴在午后的阳光中,"我已经是个老人,无论如何也活不了太久了,但我太太还年轻,我儿子也还小;我也希望这一切能继续下去,拖一天是一天。不,当局内部会有很多争论,这毫无疑问;可是如果孩子们想离开,他们一定会做到的。人道主义将战胜生物学上的义务——可你觉得这是道德高尚,还是颓废堕落?但这就意味着那邪恶的一天就会被推迟——我想知道,能推迟多久呢?"

我们回到凯尔庄园时,下午茶已经备好了。但伯纳德只喝了一杯茶就起身向泽拉比夫妇告辞。

"我继续待在这里也不会得到更多信息了,"他说,"我越早把孩子们的命令传达给上级——尽管他们不会相信——事情就能越早启动。泽拉比先生,我毫不怀疑从他们的角度看你的论点是正确的,但就我个人而言,我还是会努力尽快把孩子们送到这个国家以外的任何地方去。我这一生见过不少令人不快的景象,但没有哪个像警察局长整个人垮掉的景象那样,给人触目惊心的警告。当然,事情的进展我会随时通知你的。"

他看向我。

"和我一起走吗,理查德?"

我犹豫了。珍妮特还在苏格兰,再过几天才会回来。伦敦没什么事等着我处理,而且我觉得米德维奇的这群孩子的事远比伦敦可能遇见的任何事更令我着迷。安吉拉注意到了我的迟疑。

"如果你愿意留下,请一定留下来。"她说,"我想,现在能有个人做伴,我们两人都会很高兴的。"

我判断她说的是真心话,于是接受了邀请。

"反正,"我又对伯纳德说,"我们甚至不确定你这个新的信使身份能不能带一个同伴出去。如果我跟你一起走,很可能会发现我仍然被他们禁止出去。"

"哦,对,那个禁令太荒唐了。"泽拉比说,"我必须和他们认真谈谈这个问题——他们恐慌到采取这种措施实在相当荒谬。"

我们把伯纳德送到门口,看着他开车沿着车道离开,还对我们挥了挥手。

"没错。我想,这局是那些孩子赢了。"汽车转弯驶上大路时,泽拉比又把之前那句话说了一遍,"这盘也是他们赢了……然后呢?"他微微耸了耸肩,又摇了摇头。

第二十一章
马其顿的泽拉比①

"亲爱的，"泽拉比顺着早餐桌看向妻子，说，"如果你今天早上正好要去特雷恩，能买一大罐牛眼糖回来吗？"

安吉拉把注意力从烤面包机上转移到丈夫身上。

"亲爱的，"她虽然这么说，语气里却毫无亲爱之意，"首先，如果你能回忆一下昨天，就会想起我们根本没办法去特雷恩。其次，我完全不打算给那些孩子买糖果。第三，如果这意味着你打算今晚去格兰奇研究所给他们放电影，那么我强烈反对你去。"

"禁足已经解除了。"泽拉比说，"昨晚我向他们指出，这实在相当愚蠢而且考虑不周。人质不可能共谋逃走而不被他们发现，至少

---

① 相传弗里吉亚有一个无人能解开的绳结，叫作"戈耳狄俄斯之结"。谁能解开这个结，就会成为亚细亚之王。后来马其顿的亚历山大大帝用剑把结劈成两半，成功解开了它。这个典故形容用非常规的方法解开看上去不可解决的问题。——译者注

兰姆小姐和奥格尔小姐肯定会告诉他们。所有人都在承受毫无意义的不便；如果是要人肉盾牌，那么扣住村里的一半人甚至四分之一的人就跟扣住全村人一样有效。还有，我提出，如果今晚他们中有一半人要出去在各条道路上找大家的麻烦，那么我决定取消原定的关于爱琴海诸岛的讲座。"

"然后他们就同意了？"安吉拉问。

"当然。他们并不愚蠢，你知道的。他们非常愿意被合理的论点说服。"

"哦！真的吗？在我们经历了那么多以后——"

"但他们确实愿意听。"泽拉比抗辩道，"当他们紧张不安，或者受了惊吓，就会做蠢事，但我们不都是这样吗？而且因为年纪还小，他们会做得太过分，但所有年轻人不都是这样吗？再有，他们很焦虑，很紧张——可如果基钦斯克事件那样的威胁悬在我们头顶上，难道我们会不紧张吗？"

"戈登，"他太太说，"我不懂你在说什么。那些孩子要为六条人命负责。他们杀了六个我们非常熟悉的人，弄伤的人更多，其中一些伤得很重。同样的事随时可能发生在我们任何人身上。你在为他们辩护吗？"

"当然不是，亲爱的。我只是在解释他们受惊吓时可能会犯错误，就像我们一样。总有一天他们得为了活命和我们开战。他们知道这一点，又因为太紧张而误以为开战的时候已经到了。"

"难道现在我们要做的就是对他们说，'你们不小心杀了六个人，对此我们很遗憾。让我们大家都忘掉这件事。'吗？"

"你有什么其他建议吗？你觉得跟他们敌对更好？"泽拉比问。

"当然不是，但如果法律管不了他们——你说管不了，可如果法律不能承认每个人都知道的事实，我实在看不出它还有什么用——就算法律管不了，也不意味着我们必须不闻不问，假装什么都没发生过。除了法律制裁，还有社会制裁。"

"你得小心，亲爱的。我们不久前刚看到，他们用他们的能力对我们的制裁可以凌驾于你说的两种制裁之上。"泽拉比严肃地对她说。

安吉拉不解地看着他。

"戈登，我不懂你在说什么。"她又把之前那句话说了一遍，"我们对很多事情看法相似。我们有相同的原则，可现在我好像不认识你了。我们不能假装什么都没发生过，这相当于纵容他们。"

"亲爱的，你和我在用不同的标尺度量这件事。你用的是社会准则，所以你认为这是犯罪。而我考虑的则是一种更为基础的斗争，所以我认为这不是犯罪——只是一种严峻的、原始的危险。"他说最后几个字的语气和平常如此不同，把我和安吉拉都吓了一大跳。我们紧盯着他的脸。我觉得自己头一次看到了一个完全不同的泽拉比——鞭辟入里的说辞透露他的个性，也让他的话更有说服力。这个全新的他清楚地展现出来，看上去比我熟悉的他—— 一个热衷玩弄文字的外行——更年轻。然后他又回到惯常的风格。"聪明的羔羊不会去激怒狮子。"他说,"它们会安抚狮子,争取时间,希望情况向最好的方向发展。那些孩子喜欢牛眼糖,而且指望我带些给他们。"

他和安吉拉对视了几秒。我看到她眼中的不解和失望渐渐褪去,取而代之的是一种信任。那信任如此赤裸,让我觉得很不好意思。

泽拉比转向我:

"我亲爱的朋友,恐怕今天早上有些事情需要我去办。也许你愿意送安吉拉去特雷恩,以庆祝我们这里解除围困?"

我们回到凯尔庄园时距午饭还有一小段时间。我在露台前面的砖地上找到了泽拉比,他正坐在一把帆布椅上。一开始,他没听见我走近。我看着他,被他身上的强烈反差震惊了。吃早饭的时候,我曾有一瞬瞥见一个更年轻、更强壮的他;而现在的他看上去衰老而疲惫,我从没想过他已经这么老了。微风轻拂着他柔软的白发,他坐在那里,望着很远很远的地方,显出一种老人特有的超脱。

这时我踩到了一块松动的砖,发出了声响。他立刻变了样子,倦怠的气息一扫而空,眼中的空洞也不见了。转向我的面孔是十年来我所熟悉的那张泽拉比的面孔。

我在他身旁的椅子上坐下,把一大瓶牛眼糖放在砖地上。他的目光在那罐糖果上停留了一会儿。

"很好，"他说，"他们很喜欢这个。毕竟，他们也还是孩子——不只是'那些孩子'。"

"听着，"我说，"我并不想唐突地过问你的私事——可是，你觉得今晚去那里明智吗？毕竟，人没法让时间倒流。情况已经和从前不同了。他们和我们之间的敌意是无法否认的——就算不是对我们所有人有敌意，至少也是对这村里的大部分人。他们一定在怀疑我们会采取什么针对他们的行动。他们给伯纳德的最后通牒，就算最终能被接受，也绝不会马上就被接受。你曾说他们很紧张，那么，他们现在肯定依然很紧张——因此也依然很危险。"

泽拉比摇了摇头。

"对我并不危险，我亲爱的朋友。我早在当局插手之前就开始当他们的老师，后来也一直是他们的老师。我不敢说我了解他们，但我想我比其他人更了解他们。最重要的是他们信任我……"

他陷入沉默，身体后倾靠在椅背上，看杨树在风中摇曳。

"信任——"他开口打算说些什么，但这时安吉拉端着雪莉酒瓶和杯子从屋里出来了，于是他打住原先的话头，问起特雷恩人对我们有何看法。

吃午饭的时候他比平时话少，饭后他就躲进书房里不见了。又过了一阵，我看到他沿着车道向外走，照惯例出去午后散步。因为他并没有邀请我一起去，我就在花园里找了张躺椅，舒舒服服地坐了下来。他回来喝了下午茶,还提醒我多吃点,因为每当他晚上去给那些孩子讲课,家里就不开正式的晚餐,只在比较晚的时候供应一顿简餐。

安吉拉打断他的话,但语气并不抱太大希望:

"亲爱的,你不觉得——我是说,你的电影他们全都看过了,我知道关于爱琴海的那部你至少已经给他们放过两次了。今晚的课你不能推迟吗,也许等你找到一部他们没看过的电影再去?"

"亲爱的,那是部很好的电影,经得起多看几遍,"泽拉比解释道,听上去似乎有点受伤,"而且,我每次讲课的内容都不同——关于希腊诸岛,总有新的东西可以讲。"

六点半,我们开始把他的设备往车上装。东西似乎很多。好多个箱子,里面装着投影仪、电阻器、放大器、扩音器、一箱胶片,还有一台录音机,用来把他讲课的内容保存下来。这些东西都非常沉。我们把东西都放进车里,又在最上面摆上一个立式麦克风,看起来他像是要去长途狩猎,而不是去开晚间讲座。

我们搬东西的时候泽拉比在旁边转来转去,亲自检查、清点各种东西,包括那罐牛眼糖。最后他终于确认一切都装好了,便转向安吉拉:

"我已经请盖福德开车送我去那儿,帮我装卸东西了。"他说,"没什么需要担心的。"他把她拉到身边,吻了她。

"戈登——"她开口打算说什么，"戈登——"

他一边继续用左手搂着她，一边用右手抚摸她的脸，同时深深地望进她的眼睛里。然后他摇了摇头，露出一种温和的责备神情。

"可是，戈登，恐怕那些孩子现在……万一他们……"

"你不用担心，亲爱的。我知道自己在做什么。"他对她说。

然后他转身上了车，我们沿着车道开走了，安吉拉站在台阶上，难过地看着我们。

我把车开到格兰奇研究所前门时心中并非全无疑虑。但表面看来我的警觉似乎毫无必要。那只是一座又大又丑的维多利亚式建筑，两侧不协调的厢房是较新的工业式风格，那是克里姆先生在任时建起来作实验室用的。屋前的草坪上几晚前发生过斗殴，现在却看不出什么痕迹，虽然周围的几丛灌木被损坏了，但很难相信这里真的发生过那种事。

我们的到来并非无人知晓。我还没来得及打开车门下车，屋子的前门便被猛地拉开，十几个孩子兴奋地跑下台阶，"你好，泽拉比先生！"的喊声此起彼伏。不一会儿，他们把后门也打开了，两个男孩开始从车上搬东西递给其他孩子。两个女孩拿着麦克风和卷轴屏快速跑上台阶，还有一个得胜般大叫一声，扑向那罐牛眼糖，然后捧着罐子匆匆跟上前两个女孩。

"嗨，你好。"他们开始搬那些沉重的箱子时，泽拉比紧张地说，

"那些东西很脆弱,小心轻放。"

一个男孩对他咧嘴一笑,然后抬起一个黑箱子,故意用夸张的姿态小心翼翼地递给另一个男孩。现在,那些孩子看起来并没有什么神秘或奇怪的地方,只不过因长相太类似而看起来有点像滑稽音乐剧里的群演。回到米德维奇后,这是我第一次感到那些孩子也是一群普通的孩子。他们很欢迎泽拉比来访,这一点也毫无疑问。我看着泽拉比,而他站在那里看着那些孩子,脸上带着慈祥的、略带渴望的微笑。看着眼前的这些孩子,我无法把他们和危险联系起来。我甚至有种困惑的感觉,怀疑这群孩子根本就不是那些孩子,怀疑我们讨论过的各种理论、恐惧和威胁一定是另一群孩子造成的。的确很难相信,就是这群孩子让精神奕奕的警察局长陷入谵妄,使伯纳德大受打击。我也完全无法相信他们会对我们发最后通牒,而我们如此重视,竟打算向最高层汇报。

"我希望会有很多人来听课。"泽拉比半带疑问地说。

"哦,会的,泽拉比先生。"其中一个男孩叫他放心,"所有人都会来——当然除了威尔弗雷德,他在病房里。"

"哦,是的。他现在怎么样了?"泽拉比问。

"他的背还很疼,但他们已经把所有弹片都取出来了。医生说他会没事的。"男孩说。

我心中的分裂感越来越强。每过一分钟,那种难以置信的感觉便更强一分:我无法相信我们不是全都被偏见欺骗了,彻底误解了这些孩子,也无法相信站在我身边的泽拉比就是今天早上说孩子们是"一种严峻的、原始的危险"的那个泽拉比。

最后一个箱子从车上被抬走了。我记得我们开始装东西的时候它已经在车里了。那个箱子显然很重,因为两个男孩正合力抬着它。泽拉比略显紧张地看着他们走上台阶。然后他转向我。

"非常感谢你的帮助。"他说,似乎在赶我走。

我很失望。孩子们这崭新的一面让我着迷;我本来打算留下来听他讲课,在孩子们像一群普通孩子一样放松地聚在一起时研究他们一番。泽拉比注意到了我的表情。

"我本想邀你加入我们,"他解释道,"但我必须承认,今天晚上我总是忍不住想到安吉拉。她很紧张,你知道的。孩子们一向让她不安,而且最近几天她比她表现出来的更加心烦意乱。今天晚上,我想有人陪她会更好。我非常希望你,我亲爱的朋友,如果你能……将是莫大的善举。"

"啊,当然,"我对他说,"我没有想到这一点真是太粗心了。当然可以。"除了这个,我还能说什么呢?

他微微笑了,向我伸出手来。

"太好了。我非常感激,我亲爱的朋友。我知道你很靠得住。"

然后他转身面对仍在周围徘徊的三四个孩子,露出灿烂的笑容。

"他们要不耐烦了。"他说,"你带路吧,普丽西拉。"

"我是海伦,泽拉比先生。"她对他说。

"啊,好吧,别放在心上。走吧,亲爱的。"泽拉比说。然后他们一起上了楼梯。

我回到车里,不紧不慢地开走了。经过村里时,我注意到"镰与石"酒馆今晚似乎生意不错。我很想在那里停车,进去看看村里人现在情绪如何。但是我又想到泽拉比的请求,便抵制住诱惑,继续前进。我开上凯尔庄园的车道,把车掉了个头暂时停在那里,准备过一会儿再去接他。然后我进了屋。

主客厅里,安吉拉坐在一扇打开的窗户前,收音机里播放着海顿的四重奏。我进门时她转过头来。一看见她的脸,我便觉得幸好泽拉比叫我先回来陪她。

"他们很热烈地欢迎了他。"我对她说,以回答她没说出口的问题,"就我所见,他们跟任何地方的一群举止良好的学童没什么区别。除了都长得一样,让人觉得有点迷惑以外。他说他们信任他,我一点也不怀疑这是真话。"

"也许吧,"她没有反对,"可我不信任他们。我想自从他们强迫他们的母亲回到这里,我就从没信任过他们。在他们杀死吉姆·帕维尔之前,我一直设法不让自己太为此事担心。可从那以后,我就很害怕他们。感谢上帝我立刻把迈克尔送走了……他们随时会干出任何事情来,谁也说不准。就连戈登也承认他们很紧张、很惊恐。我们实在不能继续在这里住下去了,能不能活命全看他们有没有孩子气地一时惊慌或乱发脾气……

"你觉得会有人认真对待韦斯科特上校的'最后通牒'吗？我觉得不会有。这就意味着那些孩子不得不做点什么,好让大家明白必须听他们的;他们必须说服那些又笨又顽固的重要人物,天知道为了这个他们会做什么。发生过那些事情以后,我很害怕——我真的非常害怕……他们一点也不在乎我们中的任何人会怎么样……"

"他们在这里示威不会有多大用处,"我试图安慰她,"他们得去能起作用的地方示威。跟伯纳德一起去伦敦,就像他们威胁的那样。要是他们像对待警察局长那样在伦敦对待几个大人物——"

一道明亮的闪光打断了我,仿佛一道闪电,同时一阵剧烈的震颤摇晃着房子。

"怎么——"我开了口却没能说下去。

冲击波从敞开的窗户冲进来,几乎把我掀翻在地。同时冲进来的还有声响,在一声猛烈摇晃、粉碎一切的巨响中,仿佛整栋房子都在我们周围晃动。

压倒一切的爆炸声之后,是一阵物件叮咚掉落的声音,再接下来是彻底的寂静。

我下意识地奔过蜷缩在椅子里的安吉拉身边,冲出敞开的法式落地窗,跑到草坪上,头脑里并没有什么明确的目的。漫天落叶刚从树上被扯下来,还悬在半空中慢慢飘落。我转头望向房子。两大块攀缘植物从墙上被撕了下来,破破烂烂地挂在墙上。西侧墙面上的每一扇窗户都空洞地望着我,没有一扇有玻璃。我又朝另一边看了一眼,一团红白色的火光透过树木照过来,而且烧得比树木还要高。我立刻明白这意味着什么⋯⋯

我再次转身,奔回客厅里,但那把椅子空了,安吉拉已经不见了踪影⋯⋯我呼唤她的名字,却没有任何应答⋯⋯

最后,我在泽拉比的书房里找到了她。书房里满地都是碎玻璃,一块窗帘被扯掉了,半挂在沙发上。一些泽拉比家的照片从壁炉架上被扫了下来,现在正七零八落地躺在壁炉里。安吉拉本人坐在泽拉比的工作椅上,身体前倾趴在办公桌上,头枕着赤裸的胳膊。我走进去时她一动不动,也没有发出任何声音。

门打开时一股穿堂风从空荡荡的窗框里灌进来。她身边的桌子上本来有一张纸,这时被风卷起来,滑过桌子边缘,飘飘荡荡地落到地上。

我拾起那张纸——是一封信,泽拉比尖锐的笔迹。我不用读也知道信里写了什么。看到格兰奇研究所方向那团红白色火光的那一刻,我记起了那些沉重的箱子,我本以为里面装的是他的录音机和其他设备。在那一瞬间,整件事情已经清清楚楚。这封信也不是我该读的。可是,把信放回一动不动的安吉拉身边的桌子上时,我瞥见了其中的几行字:

"医生会告诉你,最多还有几周或几个月。所以不要难过,我的爱人。

　　"至于这个——好吧,我们在花园里生活了太久,已经忘记关于生存的那些老生常谈。有句话说,你若身在罗马,就要学着罗马人的样子生活,说得很有道理。但同样的意思还可以用一句更接近本质的话来表达:如果你想在丛林中活下去,就得遵循丛林的生存法则……"